*Der Herzrasen*
*Alltagswörter anders*

Georg Gehlhoff

# Der Herzrasen
Alltagswörter anders

Georg Gehlhoff:

Der Herzrasen. Alltagswörter anders

Die Geschichten in diesem Buch wurden im
Sommer 2024 geschrieben. Nur Rückgang ist bereits
2022 entstanden.

Verlag: BoD · Books on Demand GmbH,

Überseering 33, 22297 Hamburg, bod@bod.de

Druck: Libri Plureos GmbH,

Friedensallee 273, 22763 Hamburg

Dank an meine Schwester

Coverfoto: © Jürgen Koch (2006)

Satz und Umschlaggestaltung: Georg Gehlhoff

© Georg Gehlhoff. Alle Rechte vorbehalten.

ISBN: 978-3-7693-3821-8

Erstauflage: twentyventietfünf

*meiner Frau Diana gewidmet*

„…*dann brodelt's hier nicht bloß und sprudelt und sprudelt, dann steigt statt des Wasserstrahls ein roter Hahn auf und kräht laut in die Lande hinein.*"

Theodor Fontane, *Der Stechlin*

## tanzen

Als *Tanzen* werden Füße bezeichnet, die ständig in Bewegung sein müssen, weil sie unter den Fußsohlen von einem Floh gekitzelt werden, dessen lateinischer Name *ritmus ritmaricus* lautet. Haben sich *Tanzen* diesen Floh einmal zugezogen, werden sie ihn ihr Leben lang nicht mehr los. Ein Tanzbär wiederum ist ein Bär, der besonders große *Tanzen* hat.

\*\*\*

## Passwort

Wenn man einen *Pass* überquert, soll man ein Wort ausrufen, das einem gerade in den Sinn kommt. Das ist das *Passwort*.

\*\*\*

## Eitelkeit

*Eitelkite* ist ein englischer Drachen, der höher hinausfliegen will als alle anderen.

*** 

## greenhorn

*Greenhorn*, englisches Wort für *grünes Horn*, also das Martinshorn der Polizei, als die Polizeiwagen noch grün angestrichen waren. Der Ausdruck *grünes Licht geben* bedeutete hingegen, wenn ein Polizeiauto mit Vollgas und *Grünlicht* hinter einem Verbrecherauto hinterherjagte.

***

## Wolkenbruch

Ein *Wolkenbruch* passiert, wenn man in einer neuen Beziehung auf Wolke 7 schwebt und durch einen unerwarteten Vertrauensbruch seitens des oder der anderen wieder auf die Erde fällt.

*\*\*\**

## Lebenslüge

Das *Leben* ist nur Einbildung, sagte der Tod, es ist eine einzige *Lüge*. Wenn ich *lüge*, existiere ich auch, erwiderte das *Leben*.

*\*\*\**

## Einschränkung

*Einschränkung* ist die Reduzierung einer Wohnung auf einen *Schrank*, in dem dann der Morgenkaffee getrunken, das Mittagessen gegessen, Fernsehen geschaut, im Internet gesurft, des Nachts geschlafen, aber auch gestritten wird; oder man versöhnt, unterhält oder küsst sich sogar. Wenn man sich an das Leben im *Schrank* gewöhnt hat, empfindet man es als normal.

\*\*\*

## Anzug und Abzug

Der *Anzug* ist der stets feingemachte ankommende Zug, der keinen Fleck auf seiner Lokomotive duldet, während der abfahrende *Abzug* es immer etwas eilig hat und es mit der Kleidung nicht mehr so genau nimmt. Was diese tiefe Verwandlung verursacht bzw. was zwischen Ankunft und Abfahrt passiert, wenn der Zug für wenige Minuten am Bahnhof hält, muss dramatisch sein.

\*\*\*

## Gewitterwarnung

Das *Gewitter* hat langsam genug von den heißen Temperaturen und warnt die Sonne, sie solle nicht mehr so viel scheinen. Da antwortet die Sonne pikiert, ich scheine, wann es mir passt. Das *Gewitter* fühlt sich verhohnepiepelt und entlädt all seine blitzende und donnernde Wut auf die arme Erde, die für die Hitze nun wirklich nichts kann.

\*\*\*

## Aktenordner.

Der *Aktenordner* ist ein *Ordner* oft männlichen Geschlechts, der bei einem *Aktenkonzert* bestimmt, welche *Akten* in den Konzertsaal eingelassen werden und welche nicht.

\*\*\*

# Ostern

*ostern* ist ein Verb aus der Nachwendezeit, als zahlreiche Westdeutsche in den Osten des Landes zogen, um beim Aufbau einer marktwirtschaftlichen Gesellschaft mitzuwirken. Das Tuwort *western* hingegen bezeichnet die Bewegung vieler junger Menschen in die entgegengesetzte Richtung.

\*\*\*

# kalt

Das Wort *kalt* für niedrige Temperaturen leitet sich aus dem italienischen Wort *caldo* für warm ab. Einem Bewohner Italiens ist es unverständlich, wieso die Deutschen die Bedeutung von Wörtern immer in ihr Gegenteil verkehren müssen. Böse Zungen behaupten, was den Italienern ihre Wärme, ist den Deutschen ihre geliebte Kälte.

\*\*\*

## glücklicher Einfall

Die Goten waren nach ihrem *Einfall* in Italien so *glücklich*, endlich in einem warmen Land zu leben. Vor lauter *Glück* und Lachen vergaßen sie das Kämpfen und wurden von den ernsten Römern rasch wieder hinter die Alpen vertrieben.

***

## Bücherwurm

Ein *Bücherwurm* ist ein Wurm, der mit Vorliebe Buchwörter frisst. Eine gute Methode, um ihn von einem Buch fernzuhalten, ist, auf die Schmutztitelseite drei Mal das Wort *Bücherwurm* zu schreiben, denn sich selbst mag der *Bücherwurm* nicht aufessen.

***

## Regenschauer

Meist in der Wendung *alte Regenschauerin* verwendet. Eine ältere Frau, die am Fenster sitzt und
stundenlang dem Regen zuschaut.

***

## *tifo*

Ansteckende Krankheit, die sich vor allem in
Fußballstadien ausbreitet und sich durch hohes
Fieber und eine Umnebelung der Sinne auszeich-
net. *Tifo* kann vor allem im Gesicht auch zu ausgedehnten Flecken in mannschafts- oder länder-
spezifischen Farben führen.

***

## Langweiler

Ein *Langweiler* ist ein *Weiler* aus mehreren aneinandergereihten Gehöften, wo die Kinder sich seit Wochen auf das alljährliche *Langweilerfest* vorbereiten. Besonders üben sie das Gähnen, denn wer am besten gähnt, gewinnt den begehrten *Langweilerpreis*.

***

## Klapsmühle

Eine *Klapsmühle* ist da, wo der Bach von unten nach oben fließt und das Mehl wieder zu Körnern zusammengesetzt wird. Der Müller muss seiner Mühle immer wieder einen *Klaps* geben, damit sie diese unsinnige Tätigkeit auch ausführt. Daher die Bezeichnung *Klapsmühle*.

***

## Gassenhauer

Der *Gassenhauer* ist ein Verkehrsexperte, der eine Gasse so lange schlägt, bis sie breit genug für einen Lastwagen ist.

\*\*\*

## Rennauto

Das *Rennauto* ist ein Auto, das sehr schnell rennen muss, um den Bus nicht zu verpassen.

\*\*\*

## Schachtel

Ein *Schachtel* ist ein beliebiger Teil eines Schach-
bretts. Siehe analog dazu ein *Achtel* oder ein
*Zehntel*.

***

## Wasserglas

Ein *Wasserglas* ist ein Glas aus Wasser, das man
austrinken kann, ohne es hinterher in den Ge-
schirrspüler stellen zu müssen. Für das Halten des
Wassers ist eine ruhige Hand von Vorteil.

***

## Turnschuhe

*Turnschuhe*, zusammengesetzt aus dem englischen Wort *turn*, drehen und dem Wort *Schuh*. *Turnschuhe* sind also Schuhe, die man verkehrt herumträgt, d. h. man nimmt den rechten *Turnschuh* für den linken Fuß und umgekehrt. *Turnschuhe* sind inzwischen bei allen Altersgruppen verbreitet und erfreuen sich enormer Beliebtheit.

\*\*\*

## Wachliste

Die *Wachliste* ist eine schon in die Jahre gekommene, handgeschriebene Liste von Büchern, Urlaubszielen oder anderen Dingen, die des Nachts nicht schlafen kann.

\*\*\*

# Yogamatten

Die *Yogamatten* sind Menschen wie ich, die nach 90 Minuten Yoga er*matt*et, aber glücklich sind.

\*\*\*

# Himmelreich

*Himmelreich* sein bedeutet, ein ungeheures Vermögen zu besitzen, das zum *Himmel* stinkt, wie der Volksmund sagt. Das Gegenteil von *himmelreich* ist *erdarm*. *Erdarme* Menschen machen den überwiegenden Anteil der Weltbevölkerung aus. *Himmelreiche* Menschen sind oft der Meinung, ihnen stünde eine Behandlung wie den olympischen Göttern zu, dabei sind sie auch nur stinknormale Menschen.

\*\*\*

## Umlaufbahn

Die *Umlaufbahn* ist eine Eisenbahn, die einen Bahnknotenpunkt, wo es voraussichtlich viele Staus geben wird, weiträumig *umläuft*, auch wenn sie dafür kurzzeitig ihre Gleise verlassen und zu Fuß gehen muss.

\*\*\*

## Langschläfer

*Langschläfer* werden beim Schlafen immer länger. Das umgekehrte Phänomen ist deutlich seltener.

\*\*\*

# Spaßvogel

Ein *Spaßvogel* ist ein Vogel, der nur Spaß haben, den ganzen Tag vor sich hin trällern und sich nicht um seine Brut kümmern will.

\*\*\*

# Fahrradkette

Eine *Fahrradkette* hängt sich ein Fahrrad um den Lenker, um sich vor anderen Fahrrädern hübsch zu machen.

\*\*\*

## Mahlzeit

In der *Mahlzeit* mahlt die Mühle das Korn und frisst sich satt, denn bis zur nächsten *Mahlzeit* vergehen oft Monate.

\*\*\*

## Rucksack

Ein großer *Sack* aus Leinen, durch den zu Weihnachten ein *Rucken* geht, weil die Geschenke es nicht erwarten können, ihre neuen Besitzer kennen zu lernen.

\*\*\*

## sang- und klanglos

Mit einem *Sang- und Klanglos* kann man eine kostenlose Musikstunde gewinnen.

*** 

## Zeitgeist

Ein *Zeitgeist* richtet allerlei Schabernack in den Uhren der Menschen an. Ein bekannter *Zeitgeist* ist die Sommerzeit, die seit einigen Jahrzehnten die Uhrzeiger erst rückwärts springen und dann nach vorne hechten lässt, als ob sie wilde Pferde seien. Ob die Europäische Union diesen hartnäckigen *Zeitgeist* mit ihren Zaubermitteln wird austreiben können, ist noch nicht ausgemacht.

***

## Anstreicher

Ein *Anstreicher* ist ein Lehrer, der in Klassenarbeiten Fehler mit einem roten Stift anstreicht. Wenn ihm die Fehler zu viele werden, nimmt er einen Pinsel und übermalt die ganze Arbeit in weißer Farbe, so dass er dem Schüler ein leeres Blatt Papier zurückgibt. Die Schüler fürchten sich vor dem weißen Blatt, weil sie die ungeliebte Klassenarbeit manchmal mehrere Male wiederholen müssen.

*\*\*\**

## Jahresende

Das *Jahresende* ist der Schwanz des Jahres, eines komischen Tieres, das uns unser ganzes Leben lang begleitet. Einen Tag später hat sich das *Jahrestier* umgedreht und sein Schwanz ist jetzt zu seiner Schnauze geworden. Die Natur hört nicht auf, den Menschen zu verblüffen.

*\*\*\**

## Skyscraper

Der *Himmelkratzer* von Karl Marx ist der einzige, der an klaren Winternächten im Sternbild des Orion mit bloßem Auge zu sehen ist. Wenn man genau hinschaut, meint man, einen roten Strich zu erkennen, aber die rote Farbe mag eine optische Täuschung sein. Beeindruckend ist dieser Strich oder *Himmelkratzer* allemal.

\*\*\*

## Sturzregen

Einen *Regensturz* muss man beim Regenamt nur dann melden, wenn sich der Regen beim Sturz etwas gebrochen hat.

\*\*\*

## Windstoß

Das *Windstoßen* ist ein Wettbewerb für ehemalige Kugelstoßer, die sich bereits in Rente befinden und nur noch die Kraft besitzen, eine *Windkugel* zu stoßen, mit der sie allerdings oft erstaunliche Weiten erzielen.

*** 

## Ruhestand

*Ruhestand* ist das Schlafen im Stehen. Der *Ruhestand* gilt als heilsames Mittel, um einen guten Schlaf zu bekommen, auch wenn das Schlafen im Stehen nicht ungefährlich ist.

***

## Trauerweide

Eine *Trauerweide* ist eine *Weide*, wo alle Kühe ein schwarzes Band um den Hals tragen, weil der alte Bauer gestorben ist.

*\*\*\**

## rabenschwarzer Tag

Manchmal füllt sich der ganze Himmel mit *schwarzen Raben*, die sich auf mich herabstürzen und mir die Augen aushacken wollen. Dann ziehe ich mich augenblicklich in meine Wohnung zurück und verkrieche mich zitternd unter meine Bettdecke. Es kann aber genauso passieren, am nächsten *Tag* sind alle *Raben* wieder weg.

*\*\*\**

## Nervensäge

Mit der *Nervensäge*, die etwa die Größe einer kleinen Metallsäge hat, schneidet der Neurochirurg wie bei einem Baum alte, abgestorbene Nerven ab und überreicht sie seinem Assistenten zur fachgerechten Entsorgung. Trennt der Chirurg aus Versehen einen lebendigen Nerv durch, muss der Patient laut auflachen. Auch *dafür* gibt es einen Fachausdruck, der mir jedoch gerade nicht einfällt.

\*\*\*

## unglaubhaft

Ich *glaube* als Einziger an das Wesen *Un*, das ein *d* verloren hat und keinen Anschluss mehr findet. Es will sich trotzdem überall an*haft*en, auch wenn die Menschen nichts mehr von ihm wissen wollen. Schließlich wird es wegen Falschaussage von der Polizei festgenommen. Ich sage beim Prozess als Entlastungszeuge aus.

\*\*\*

# Tagebuch

Das *Tagebuch* ist schlecht gebunden, hält immer nur ein paar *Tage* und zerfällt dann wieder in seine Einzelteile, so dass man es wegwerfen muss. Das *Jahrbuch* hingegen überdauert ein, manchmal auch zwei Jahre.

\*\*\*

# saure Gurkenzeit

Die *Gurke* ist oft ungemein sauer, d. h. wütend und versteht sich mit niemandem außer der geduldigen *Zeit*. Irgendwann im Sommer haben sie geheiratet. Deshalb heißt diese Zeit des Jahres *saure Gurkenzeit*.

\*\*\*

## einflussreicher Politiker

*Der einflussreiche Politiker* besitzt genau *einen Fluss*, der ihn *reich* macht und auf dem er von einem Amtssitz zum nächsten segelt.

***

## Tiefkühlpizza

Die *Tiefkühlpizza* ist eine Pizza, die im tiefsten *cul*, also Hintern, der Erde wohnt, wo es besonders heiß ist. Wenn man sie dort besucht, verbrennt man sich meist die Zunge.

***

## Taschenrechner

Der *Taschenrechner* ist ein Mensch, der rechnet, wie viele Taschen zu einer Hose, einem Hemd, einer Bluse, einem Kleid oder einem Anzug gehören.

\*\*\*

## Aberglauben

Der *Aberglauben* ist der Glaube an das Wort *aber* als den höchsten Gott. *Abergläubige* sind große Skeptiker, die an nichts glauben, was klar und eindeutig ist.

\*\*\*

## Dachstuhl

Der *Dachstuhl* ist der Stuhl auf dem Dach, wo man sich hinsetzt, wenn man sich über seinen Ehepartner geärgert hat und alleine sein möchte.

\*\*\*

## Kreisverkehr

Der *Kreisverkehr* ist der platonische Sex eines eingespielten Paares. Das Liebesspiel besteht darin, der Mann *kreist* stundenlang um die Frau, ohne sie je zu berühren. Ihm wird dabei so schwindelig, dass er wie nach einem *Geschlechtsverkehr* erschöpft ins Bett fällt und sofort einschläft.

\*\*\*

## Suppenhuhn

Das *Suppenhuhn* ist ein Huhn, das sich eine Taucherbrille aufsetzt, um in der Graupensuppe besser nach aufgeweichten Körnern picken zu können.

\*\*\*

## Baumhaus

Das *Baumhaus* ist das Haus, in das sich der Baum stellt, wenn es ihm draußen zu heiß oder zu kalt ist.

\*\*\*

### *raindrops*

Bonbons, die aus reinem Frühlingsregen aus den Alpen gemacht sind. Im Frühjahr enthält der Regen viel Blütenstaub. Exklusivere Sorten stammen aus dem Himalaya.

✳✳✳

### Coladose

Gebirgssee in Colorado, Vereinigte Staaten, aus dem natürlich perlendes Mineralwasser gewonnen wird.

✳✳✳

## Fortpflanzung

Wenn ein Baum sich auf Wanderschaft begibt und sich an einem weit entfernten Ort wieder einpflanzt. Manchmal begeben sich auch ganze Wälder auf Wanderschaft.

\*\*\*

## Handschuhe

*Handschuhe* sind Schuhe für die Hände, wenn man statt auf den Füßen auf den Händen läuft. Da wir in immer verrückteren Zeiten leben, findet diese Art der Fortbewegung mehr und mehr Zuspruch.

\*\*\*

## Uhu

Der Kapitalismus ist dabei, auch die letzten intakten Lebenswelten des Menschen zu besetzen. Selbst dem *Uhu* kleben schon die Füße fest und er kann sich am Abend nicht mehr in die Luft erheben.

\*\*\*

## grenzenlos

Ich löse mich auf, meine Haut wird zu Luft, mein Herz rinnt ins Spülbecken, meine Füße vermengen sich mit dem Holzfußboden, meine Haare verwandeln sich in Spinnennetze, meine Hände werden zu Tontassen, die ich gerade im Hobbyraum töpfere, meine Augen sind zu Licht geworden, meine Ohren zu Tönen. Ich bin nicht mehr. Ich bin meine Umwelt.

\*\*\*

## Dreiviertelarier

Opernsänger, der eine *Arie* im *Dreivierteltakt* singt.

*** 

## Pflasterstein

Der *Pflasterstein* ist ein kleiner, desinfizierter Stein, der in kleinen Schachteln zu zwanzig Stück verkauft wird und als *Pflaster* auf eine Wunde geklebt deren Heilung unterstützen soll.

***

## Essigbaum

In den frühen Herbstmonaten findet traditionell die Weinlese, also das Abschneiden der Weintrauben vom *Weinbaum* statt. Ein Teil der Trauben wird jedoch am Baum gelassen, der sich im Laufe des einsetzenden Winters in einen *Essigbaum* verwandelt. Wenn die gefrorenen *Essigtrauben* ihre vorgesehene Reife erreicht haben, werden auch sie geerntet und zu Essig weiterverarbeitet.

\*\*\*

## Ausstoß

*Ausstoß* ist, wenn der Torwart beim Abstoß vom eigenen Tor den Ball aus Versehen ins Aus stößt und die gegnerische Mannschaft eine Ecke bekommt.

\*\*\*

## Buch

Kaum jemand las noch ein *Buch*. Da beschlossen die Verlagshäuser in einer gemeinsamen Initiative, die *Bücher* sollten sich selbst lesen. Trotz der anfänglichen Skepsis aller Beteiligten wurde die *Lies-dich-selbst-Aktion* ein großer Erfolg.

*\*\*\**

## Kopfhörer

Ein *Kopfhörer* ist ein *Hörer*, der mit dem *Kopf*, also den Ohren, hört. Ein *Fußhörer* hingegen ist ein Hörer, der die Vibrationen des Bodens in sich aufnimmt. Ein *Bauchhörer* wiederum ist ein Hörer, der auf sein Bauchgefühl hört. Ein *Telefonhörer* ist: Wenn jemand anruft, hört das Auge das rot blinkende Licht des Telefons.

*\*\*\**

## Magenspiegelung

Wenn man einem *Magen* einen *Spiegel* vorhält und er ganz rot wird, weil er sich selbst hässlich findet.

\*\*\*

## Kronzeuge

Mensch, der immer noch an die Wiederherstellung der Monarchie glaubt.

\*\*\*

## dösen

*Dösen* ist, ohne Sinn und Verstand eine Dose nach der anderen öffnen, ohne dass man deren Inhalt wirklich gerade bräuchte. Meist wird man bei dieser Tätigkeit trotzdem sehr müde.

***

## Gänseblümchen.

Wenn es windstill ist und man das Ohr ganz nah an ihre Münder hält, kann man ihr aufgeregtes Schnattern hören, aber was es bedeutet, kann niemand sagen.

***

## kafkaesk

Das Wort kafkaesk leitet sich aus dem italienischen Begriff *Kafka, esco* ab, also *Kafka, ich gehe raus* und bezeichnet die Schwierigkeit, wenn man aus einer surrealen Geschichte wieder auszusteigen versucht, was auch mir zunehmend schwerfällt.

\*\*\*

## Rennerei

Eine *Rennerei* ist ein Geschäft, wo man allerlei Rennen wie etwa *Pferderennen*, *Hunderennen* oder *Sprintrennen* erwerben kann, aber man muss sich beeilen, denn die Rennen sind, obwohl sie keineswegs als Schnäppchen zu bezeichnen sind, schnell ausverkauft.

\*\*\*

# Steckdose

Eine *Steckdose* steckt man aus lauter Einzelteilen zusammen. So kann man mit denselben Bausteinen lauter verschiedene Dosen herstellen. Ein *Stecker* ist der, der diese Dosen zusammensetzt.

\*\*\*

# Fernsehsprecher

Ein *Fernsehsprecher* liest einsamen Fernsehern und vor allem den großen Röhrenfernsehern, die niemand mehr haben will, Geschichten über längst vergangene Fernsehserien vor und nimmt ihnen ein wenig die Angst vor dem Recyclinghof.

\*\*\*

## Uhrzeiger

*Uhrzeiger* ist ein Mensch, der durch die Straßen läuft und ständig auf die Uhren anderer Menschen zeigt.

\*\*\*

## zwischen Tür und Angel

Wenn ein Fisch, der gerade aus der *Tür* eines Schiffswracks herausschwimmt und nichtsahnend in den Wurm an einem *Angelhaken* beißt.

\*\*\*

## Wasserzeichen

Ein *Wasserzeichen* schreibt man aufs Wasser. Wer schnell lesen kann, kann es entziffern, sonst ist es gleich wieder weg.

*\*\*\**

## Mitternacht

Die Zeit kommt atemlos und auf den letzten Drücker mitten in der Nacht an und muss ohne einen Moment Pause gleich weiterlaufen, während die *Mitternacht* am Zielanfang rumsteht und sich einen faulen Lenz macht. Die Zeit bekommt immer einen dicken Hals, wenn sie diese faule Sau sieht, aber die *Mitternacht* hat mächtige Seilschaften hinter sich und ihre Position ist unantastbar.

*\*\*\**

## Vogelspinne

Der *Vogelspinner* spinnt jeden Tag einen Vogel aus tausend kleinen Fäden und lässt ihn dann in die Lüfte fliegen. Er selbst trägt ein langes, buntes Kleid, das ihm sehr gut steht, aber man sollte ihm trotzdem nicht zu nahekommen. Er hat einen etwas giftigen Zahn.

\*\*\*

## Kissenbezug

Ein Kissen bezieht eine neue Wohnung und richtet sich häuslich ein. Nur das Bett ist noch etwas hart.

\*\*\*

# Fernseher

Ein *Fernseher* ist ein Mensch, der in die *Ferne* schaut und trotzdem nichts hinzulernt.

\*\*\*

# Kerzenschein

*Kerzenschein* ist eine Banknote, die besonders unter Esoterikern viel verwendet wird, um Handel mit Gefühlen und irrationalen Gedanken zu betreiben. Als offizielles Währungsmittel wird der *Kerzenschein* jedoch nicht akzeptiert.

\*\*\*

## Teufelsbraten

*Teufelsbraten* ist ein vollkommen verkohlter Sonntagsbraten, dessen Brandgeruch man auch nach vielen Jahren nicht aus der Nase bzw. aus dem Kopf bekommt, weil man meint, er laufe noch immer wie wild in der ganzen Wohnung umher.

\*\*\*

## Samariter

*Samariter* bayrisch für *Seien wir Ritter*, eine Bewegung, die sich zum Ziel gesetzt hat, mehr Freundlichkeit auf den Straßen des Freistaates walten zu lassen. Die *Samariter* haben besonders in Großstädten wie München viele Anhänger, weil dort auch besonders viele Verkehrsrowdys unterwegs sind.

\*\*\*

# Regenbogen

Wenn der Regen einen großen Bogen um die Wüste macht, was leider sehr häufig vorkommt.

***

# Moralist

Das Wort *Moralist* setzt sich zusammen aus dem Wort *Mora*, das ein italienisches Fingerspiel bezeichnet, und dem Wort *List* für listig. *Moralist* bezeichnet also eine, wie es in der Natur fast jeden Spiels liegt, egoistische Taktik, um bei diesem Fingerspiel zu gewinnen.

***

## Brathering

Als *Brathering* bezeichnet man einen Zeltpflock, wenn man sein Zelt in der Nähe eines Vulkans aufstellt.

***

## Geschichte

Wann der Zug losfahren wird, ist eine schon vollendete Tatsache. Wann er angekommen ist, steht noch nicht fest. Momentan jedoch fährt er.

***

## sternenklar

Wegen der starken Verschmutzung des Himmels müssen die Sterne seit Jahren regelmäßig geputzt werden. Der alljährliche *Sternenputz* erfolgt im späten Frühjahr, denn nach dem Heizungswinter hat sich meist besonders viel Feinstaub auf den Sternen abgelagert. Doch auch die Industrie und die Automobile, die mit Benzin oder Diesel fahren, sind für etwa die Hälfte des Sternenstaubs verantwortlich. Die Putzwinde, die die Sterne reinigen, werden für ihre anstrengende Arbeit schlecht bezahlt, sie sind trotzdem stark motiviert, das *Sternenputzen* gewissenhaft und gründlich zu erledigen, da ein Wind im Weltall ein besonderes, unbezahlbares Gefühl der Freiheit empfindet. Die Putzaktion dauert einige Wochen. Rechtzeitig zur Sommersonnenwende, wenn für die meisten Menschen die Urlaubssaison beginnt, ist der Sternenhimmel wieder *blitzblank*.

## Milchstraße

Vergnügungsmeile für junge Menschen, auf der vor allem Milch und Milchprodukte, aber auch Milchwein und Milchschnaps angeboten werden und die sich wie ein Gürtel um die ganze Erde zieht. Die *Milchstraße* ist nur nachts geöffnet und bleibt bei Bewölkung und Regenwetter geschlossen. Bei klarem Sternenhimmel ist sie ein zauberhaftes Spektakel. Auf ihr reiht sich Milchbude an Milchbude, soweit das Auge reicht. Für junge Menschen ist die *Milchstraße* ein Muss. Weil sich dort so viele Menschen tummeln, ist es auf der *Milchstraße* manchmal etwas eng, aber wenn man die Milchbuben und Milchmädchen nach ihren Eindrücken befragt, hört man regelmäßig, die *Milchstraße* komme ihnen unendlich groß vor. In der Tat kann man sich auf der *Milchstraße* schnell verlaufen. Sie ist so groß, dass ein Mensch, auch wenn er sie sein ganzes Leben jeden Abend besuchte, nur einen kleinen Bruchteil von ihr kennen lernen könnte. Wenn der Tag kommt, gehen die Lichter auf der *Milchstraße* aus und alle kehren nach Hause zurück. Manchmal kritisieren die Alten, die *Milchstraße* verbrauche zu viel Strom mit ihren Abermillionen Lichtern, aber zum Glück hört niemand auf uns.

## In See stechen

Der *Seestecher* sticht mit einem langen Stock, den er für einen Speer hält, in einen See, von dem er glaubt, er sei ein Drachen: Er muss die Menschen am See von ihm befreien. Wenn dem *Seestecher* das Wasser zu kalt wird, weil sich das vergossene Drachenblut an seinen Knöcheln wie Eis anfühlt, geht er wieder nach Hause und erzählt seiner Frau, der Drache sei so gut wie besiegt. Das sagt der *Seestecher* jeden Tag zu seiner Frau, die ihm schweigend zuhört. Am nächsten Morgen kehrt er mit seinem Speer zum See zurück, um seinen Kampf gegen den Drachen an diesem Tag vielleicht endgültig zu Ende zu führen.

## Rückstand

*Rückstand* oder *Rückenstand* ist ein anderes Wort für sich hinlegen. Die Gymnastik des *Rückstandes* ist besonders bei älteren Menschen beliebt, weil sie entspannend wirkt, ohne dass man sich bei dieser dem *Shavasana* des indischen Yoga ähnelnden Körperstellung, im Gegensatz etwa zum Schulterstand oder Kopfstand, allzu sehr anstrengen muss oder es dabei eines besonderen Könnens bedürfte. Alles, was man für diese Übung braucht, ist ein Bett oder ein Sofa und ein bequemes Kopfkissen. Die einzig bekannte Nebenwirkung des *Rückstandes* ist das Einschlafen.

## Einfahrt

Wenn der Teufel in einen Menschen *einfährt* und danach allerlei Schabernack in der Seele dieses Menschen anrichtet. Wenn man geschickt ist, kann man den Teufel nach einer Weile wieder zur *Ausfahrt* bewegen. Sind die Seelenstraßen jedoch zu verwirrend angelegt, findet der Teufel die *Ausfahrt* manchmal nicht, auch wenn sein schwarzroter Luxusschlitten, in dem er in wildem Tempo auf den Nervenbahnen seines bedauerlichen Opfers herumkurvt, eigentlich über das allerneueste Navigationsgerät verfügt.

# Unendlichkeit

Die *Un-endlichkeit* ist eine *un*gezogene, pubertierende *Endlichkeit*, die in den Tiefen des Weltalls auf ihrem knatternden Raummoped den Sternenrentnern Angst und Schrecken einjagt und auch sonst nur Himmelsflausen im Kopf hat. *Unendlichkeiten* entwickeln sich, wenn alles gutgeht, im Erwachsenenalter zu Galaxien oder anderen höherstehenden Universumswesen; wenn sie aber auf die schiefe Bahn geraten, enden sie als schwarze Löcher. Man sollte sich keinen Illusionen hingeben: Trotz aller hehren Vorsätze, die Welt gerechter zu gestalten, auch im Weltall wird das arme Sternenopfer, das in einem Happen verschlungen wird, bald vergessen, während sich in Wahrheit alles um den Täter, sprich die schwarzen Löcher, dreht.

# Autofahrt

*Autofahrt* oder *Selbstfahrt* war in den 2050er Jahren ein selten gewordenes Phänomen, bei dem ein *Autofahrer* oder *Selbstfahrer* noch *selbst* sein motorisiertes Fahrzeug lenkte. Diese Art der Fortbewegung galt jedoch als überholt und gefährlich. *Selbstfahrer*, die nach jahrelangem Fahren mit einem automatisch gesteuerten Auto sich wieder ans Lenkrad setzten, besaßen oft keinerlei Übung mehr im *Selbstfahren*. Besonders im Winter, wenn die Zahl der *Selbstfahrer* wegen der noch erträglichen Temperaturen wieder anstieg, schnellten auch die Unfallzahlen in die Höhe. Nach jahrelanger Diskussion wurde das *Selbstfahren* im Jahr 2059 in der Europäischen Union verboten. Sporadisch gibt es noch immer sogenannte *Selbstfahrerrallyes*, aber die Teilnehmer an einem solchen Rennen riskieren hohe Freiheitsstrafen von bis zu sieben Jahren, wenn sie erwischt werden. Wer partout nicht auf das *Selbstfahren* verzichten kann und dennoch klug ist, nimmt das Fahrrad.

# Bahnhof

Der Bahn macht der Bahn den Hof. Ob sie dabei zuerst steht oder er, ist nicht so wichtig. Die *Bahnhofetikette*, die sonst sehr streng ist, erlaubt beides. Die Bahnhochzeit wird mit viel Pomp im *Bahnhofschloss* gefeiert. Dann beginnt der Alltag. Er rast rauf und runter durch das Land, sie liebt die kurzen Strecken. Sie treffen sich nur selten. Meist muss sie auf ihn warten, irgendwo auf freier Strecke, wo es kalt ist. Wenn sie sich ausnahmsweise *zu Bahnhofe* treffen, haben sie nur wenige Minuten füreinander. Bald haben sie sich auseinandergelebt. Scheidung ist *am Bahnhofe* aber nicht gerne gesehen. So harren sie weiter miteinander aus, obwohl sie nie zusammen sind.

Sie sind alt geworden und werden ausrangiert. Seitdem sie in einem *Bahnschuppen* wohnen, sind sie *bei Bahnhofe* nicht mehr gern gesehen. Sie verbringen jetzt den ganzen Tag miteinander, haben endlich zueinander gefunden. Sie pfeifen *auf den Bahnhof* und haben sich, obwohl sich anfangs alles *um ihn* drehte, von ihm getrennt.

# Dachs

Der *Dachs* ist ein Raubtier aus der Familie der Marder, der den Menschen anspringt und sein Portemonnaie aus der hinteren Gesäßtasche entwendet, um es scheinbar zum Spaß immer wieder in die Luft zu werfen. Viele Menschen haben geglaubt, der *Dachs* treibe wirklich nur ein unschuldiges und eigentlich amüsantes Spiel mit ihrem Portemonnaie und waren dann bass erstaunt, wenn es in einem Gully landete oder auf andere Weise plötzlich unauffindbar blieb. Auf Grund solcher Erfahrungen sind die Deutschen dem *Dachs* gegenüber oft ablehnend eingestellt. Vermutlich ist diese Skepsis etwas übertrieben, aber es stimmt natürlich, der *Dachs* ist ein Raubtier, bei dem Vorsicht geboten ist.

## Tagesspiegel

Den *Tagesspiegel* kennt fast jeder Berliner. Seinem kleinen Bruder, dem *Nachtspiegel*, ist fast noch niemand begegnet. Als ich vor vielen Jahren spät nach Hause kam, weil ich den Geburtstag einer Freundin gefeiert hatte, sah ich ihn plötzlich auf dem Bürgersteig gegenüber spazieren bzw. eigentlich sah ich nur mich selbst, aber um etliche Jahre gealtert, mit einer Glatze und einem dicken Bauch ausgestattet und mit gebeugtem Rücken nur noch müde Schritte laufen könnend. Ich empfand einen großen Schrecken vor diesem Bild und traute mich tagelang nicht, in den Badezimmerspiegel zu schauen. Als ich doch den Mut dazu fand, war ich erleichtert, mein gewohntes Ich zu sehen. Dennoch hatte mich diese Begegnung so nervös gemacht, dass ich anfing, Kartoffelchips und Pommes frites zu essen, um mich zu beruhigen. Mein Bauch wurde dicker und dicker. Gleichzeitig fiel mir auf, nach dem Duschen lagen immer mehr Haare im Flusensieb. Zudem war ich ständig müde und musste mich zur Mittagszeit ein, zwei Stunden hinlegen, um wieder zu Kräften zu kommen. Nach einem Jahr sah ich so aus, wie ich mich in dem *Nachtspiegel* erblickt hatte.

Ich sah nur noch einen Ausweg. Ich abonnierte den *Tagesspiegel*, las alle Diät-, Gesundheits- und sonstigen Altersvorsorgerubriken und probierte die in den Werbeanzeigen angepriesenen Mittel für Haarwachstum aus. Alles Dinge, um die ich bisher einen weiten Bogen gemacht hatte, da ich mich für jung und fit hielt. Die Fortschritte in meinem Befinden waren mit einem Millimeter-maß zu messen, doch ging es mir trotzdem jeden Tag ein wenig besser. Irgendwann hatte sich mein früherer Zustand wieder hergestellt oder jeden-falls fast. Der Schrecken über die Begegnung mit dem *Nachtspiegel* saß dennoch tief und weil ich etwas abergläubisch geworden war, las ich vor-sichtshalber jeden Abend weiterhin den *Tages-spiegel*, auch wenn ich mir inzwischen vor allem den Politikteil und das Feuilleton zu Gemüte führte. Später schlief ich tief und fest und wachte am nächsten Morgen erholt und mit nahezu ju-gendlichen Kräften wieder auf.

Über diesen seit über vierzig Jahren währenden Gewohnheiten war ich alt geworden. In wenigen Tagen feiere ich meinen 70. Geburtstag. Meinen Bauch und meinen Gang brauche ich nicht zu be-schreiben. Sie entsprechen dem Schreckensbild, das mich damals so erschüttert hat.

Eines Tages konnte ich dem *Tagesspiegel* entneh-men, der *Nachtspiegel* treibe weiterhin sein Unwe-sen in dem Viertel, in dem ich wohne, und jage vielen jungen Menschen einen unauslöschlichen Schrecken ein. All die Jahre war ich immer mit großer Unruhe an der Stelle vorbeigegangen, wo ich dem *Nachtspiegel* begegnet war. Um meine Angst zu besiegen, habe ich mir einen Hund zugelegt und laufe jetzt jeden Abend mit ihm durch die dunklen Straßen. Als ich den *Nachtspiegel* an einem späten Sommerabend tatsächlich wiedertreffe, zeigt er mir ein Spiegelbild meines Selbst, das dem entspricht, wie ich in dem Moment aussehe. Laut lachend setze ich meine Hunderunde fort.

## hoher Blutdruck

Ist ein reichillustrierter Handdruck in lateinischer Sprache über die Werke des Teufels, dessen Originaltitel *de hypertoniae* lautet. Das Werk wurde im hohen Mittelalter von einem unbekannten Mönch aus der Lombardei verfasst. Man weiß über den Autor nur, was man indirekt über ihn aus den vermutlich autobiografisch gefärbten und wenig schmeichelhaften Passagen des *hohen Blutdrucks* schließen kann. Gesichert sind diese Erkenntnisse allerdings nicht. Die Illustrationen des *hohen Blutdrucks*, die vermutlich ebenfalls von dem unbekannten Mönch gezeichnet wurden, gelten wegen ihres poetischen Realismus, ihrer ungemeinen Detailfreudigkeit und Farbenvielfalt als ein Höhepunkt mittelalterlicher Buchdruckkunst.

Der *hohe Blutdruck* wurde zu Beginn der Neuzeit zum ersten Mal ins Italienische übersetzt, war wegen seiner grausamen Schilderungen und Illustrationen aber in späteren Jahren lange Zeit verboten und wird auch heute noch teilweise mit Angst und Schrecken gelesen und betrachtet. Die Darstellungen des *hohen Blutdrucks* haben im Übrigen längst Eingang in die moderne Popkultur gefunden und werden in immer wieder ver-

fremdeten und der Gegenwart angepassten For-
men massenhaft verbreitet.

Es existieren noch drei Exemplare des *hohen Blutdrucks*, die sich in der British Library, der Biblio-
teca Apostolica Vaticana und der Berliner Staatsbibliothek befinden. Die originalen Drucke werden wegen ihrer Lichtempfindlichkeit nur selten
in der Öffentlichkeit gezeigt. Es gibt jedoch exzel-
lente Faksimile-Ausgaben, die im Internet allerdings zu sehr hohen Preisen gehandelt werden.
Auch die Vorbestellungen der Faksimile-Drucke
in den öffentlichen Bibliotheken sind über Jahre
hinaus ausgebucht.

## Coronavirus

Eine Krankheit, auch *Kronenvirus* genannt, die vor allem Zahngoldkronen befällt und diese ausfallen lässt, weil das *Kronenvirus* sich an dem Klebstoff zu schaffen macht, mit dem die Goldkrone am Zahn befestigt ist.

Das *Kronenvirus* hat erst große Panik in der Bevölkerung ausgelöst, seine Folgen sind inzwischen aber leicht zu beheben, indem der Zahnarzt die Goldkrone wieder einklebt. Es soll zwar Fälle eines erneuten Befalls durch das *Kronenvirus* gegeben haben, sie sind aber nach Meinung der Zahnärzte relativ selten. Offenbar entwickelt das Immunsystem bei den meisten Menschen nach dem ersten Befall eine Resistenz gegen das *Kronenvirus*. Wegen dessen großer Verbreitung werden die Kosten für den Wiedereinsatz der Goldkrone nicht mehr von den Krankenkassen übernommen. Der Preis für diese Behandlung schwankt zwischen 50 und 100 Euro.

Das *Kronenvirus* soll schon längere Zeit im Umlauf gewesen sein, hat aber erst während der sogenannten *Kronenkrise* eine starke Ausbreitung erfahren. Einen Impfstoff gegen das *Kronenvirus* gibt es bisher nicht, obwohl die zahnmedizinische Forschung seit dem Ausbruch der *Kronenkrise* fieberhaft versucht, einen solchen zu entwickeln.

Andererseits experimentiert man mit neuartigen Klebstoffen, die *kronenvirusresistent* sein sollen. Wegen der Komplexität der Materie gestaltet sich die Forschung auf diesen beiden Feldern schwierig.

# Rasenmäher

Aleksei Grigorievich Stakhanov war ein sowjetischer Bergbauarbeiter, der am 31. August 1935 in weniger als sechs Stunden 102 Tonnen Kohle abbaute und damit sein Arbeitssoll um das Vierzehnfache übererfüllte. Aus seinem Nachnamen ist der Begriff *Stakhanovist* entstanden, der sich zum Beispiel auch im Französischen und Englischen, aber nicht im Deutschen eingebürgert hat. In den neugegründeten Kolchosen, also den kollektiven Landwirtschaftsbetrieben der Sowjetunion, entstand analog zum Begriff des *Stakhanovisten* der Ausdruck *Rasenmäher*, der einen Landarbeiter bezeichnete, der mit der Sense in einem *rasenden* Tempo eine Graswiese *mähte*. Um nicht als rückständiges Land zu gelten, wurde der Ausdruck in den sowjetischen Medien nach der flächendeckenden Einführung von Mähmaschinen verboten. So ist der *Rasenmäher* rasch wieder aus dem kollektiven Gedächtnis Russlands verschwunden.

## Foul

Als *Foul* bezeichnet man im Englischen einen Ball, der nach fauligen Gemüseabfällen riecht, weswegen man ihn auf keinen Fall mit den Händen anfassen will, sondern ihn mit einem lässigen Fußtritt ins schwarze Abfalltor befördert. Eine gelbe Karte wiederum wird wegen ihres anrüchigen Gestanks umgehend in der gelben Tortonne entsorgt, die sich auf der anderen Seite des Spielfeldes befindet. Die Mannschaft, die am saubersten gespielt, also die meisten Abfälle beseitigt hat, gewinnt.

## Sich ab und zu melden

*Sich ab- und zuzumelden*, bedeutet, sich am Abend vor dem Schlafengehen von dem großen Zentralcomputer, an den wir alle angeschlossen sind, abzumelden und diese *Abmeldung* noch mit einer *Zumeldung* zu bestätigen, dass man nunmehr für die Dauer des Schlafes sämtliche Verbindungen zum Zentralcomputer geschlossen hat. Dies soll den Menschen das Gefühl verleihen, sie werden während ihres Schlafes nicht von Dauerpiepen, Druckergeräuschen oder plötzlichen Alarmsignalen belästigt. Böse Zungen behaupten, der Zentralcomputer habe trotzdem noch eine Leitung in unser Gehirn und zeichne alle unsere Träume und unbewussten Gedanken auf, um sie zur Produktion von neuen Fernsehserien, Videoclips und Computerspielen zu verwenden, aber wer glaubt schon solchen teuflischen Gerüchten, die nur von Neid, Eifersucht, Boshaftigkeit und eigener Geltungssucht angetrieben sind? Fakt ist dennoch, aus dem System gibt es kein Entkommen mehr. Für viele Menschen ist das sogar ein beruhigender Gedanke, weil sie sich im Allgemeinen nur ungern Gedanken machen. Für diejenigen, die sich noch Gedanken machen, wird der Zweifel immer größer, ob ihre Gedanken nicht innerhalb weniger Sekunden vom System zu weiteren Unterhaltungsformaten verarbeitet werden. Manche Unbeirrte halten trotzdem an ihren Gedanken fest und hoffen trotz aller Selbstzweifel auf bessere Zeiten, auch wenn es diese womöglich erst wieder in fünfhundert Jahren geben wird.

# Sternzeichen

*Sternzeichen* werden auch *Sternkennzeichen* genannt, weil sie der eindeutigen Identifizierung
von Sternen dienen. Auf ihrer Vorder- und Rückseite müssen die Sterne ein Erkennungszeichen
platzieren, das man von der Erde aus gut mit einem größeren Teleskop erkennen kann. Die
*Sternkennzeichen* werden von der zentralen
*Sternmeldebehörde* vergeben, deren Hauptsitz
sich in einem Vorort von Peking befindet. Eine
genaue Kombination aus Buchstaben und Zahlen,
deren Bedeutung für den astronomischen Laien
kaum einsehbar ist, gibt den genauen Standort,
die Größe und die voraussichtliche Lebensdauer
eines Sterns wieder. Für weiter entfernte Galaxien
reicht ein einziges *Galaxienkennzeichen*. Ein
Stern, der in eine andere Galaxie zieht, muss auch
sein *Sternkennzeichen* wechseln. Erhebliche Probleme hat die *Sternmeldebehörde* mit den *Kometen*,
weil diese ständig ihren Wohnsitz ändern und
auch sonst viel Wind um sich machen, was den
Pekinger Beamten gegen ihren strengen Ord-
nungssinn geht.

## Danziger Goldwasser

*Danziger Goldwasser* ist ein Likör, der mit kleinen Goldfäden versetzt ist und den ich einmal in meinem Leben bei einem italienischen Professor in dessen Tübinger Wohnung getrunken habe. Parallel dazu spricht man auch von dem *Berliner Wassergold*. Damit hat es folgende Bewandtnis: Als der erste preußische König, Friedrich I., das Berliner Stadtschloss bauen ließ, geriet er wegen der explodierenden Kosten bald in Geldnot. Er sprach also mit seinem Finanzminister, einem Grafen Ulrich von Uhlendorf, der ihm riet, das Gold, mit dem er den Schlossbau finanzierte, mit Wasser zu strecken. Dem König war etwas mulmig zumute bei diesem Gedanken, aber nach einigem Zureden durch seinen Finanzminister ließ er sich auf die Sache ein. Man musste sehr vorsichtig sein beim Strecken des Goldes, aber es gab zu jener Zeit einige gaunerische Goldschmiede, die sich auf solche Praktiken wunderbar verstanden. Niemand bemerkte den Betrug und der Schlossbau gedieh prächtig. Friedrich I. war zufrieden mit dem Grafen und ernannte ihn zum Herzog.

Die Frau des Herzogs jedoch war eifersüchtig auf ihren Mann, weil dieser sich seit einigen Monaten eine blutjunge Gräfin als Geliebte hielt. Die

Herzogin ließ daher durch einen anonymen Brief an einen großen Rivalen ihres Mannes den ganzen Betrug auffliegen. Friedrich I. geriet in eine peinliche Lage und musste seinen unhaltbar gewordenen Finanzminister entlassen.

Die Bauarbeiten waren fast beendet gewesen und es fehlte nur noch die Ostfassade, die jedoch über drei Jahrhunderte eine Baustelle bleiben sollte, weil entweder die preußischen Könige klamm waren oder der Berliner Magistrat sich knauserig verhielt, so dass die Fassade nach vielen Irrungen und Wirrungen des Berliner Lebens erst vor wenigen Jahren von dem italienischen Architekten Franco Stella fertiggestellt wurde. Die Zeiten hatten sich natürlich geändert und Stella baute eine Fassade im Stil des modernen Rationalismus, was manchem Traditionalisten immer noch aufstößt. Jedenfalls haben die Berliner seit 2020 endlich einen vollendeten Schlossbau, auch wenn es die preußischen Könige und ihre ewigen Skandale schon lange nicht mehr gibt. Der Schmähbegriff *Berliner Wassergold* für einen raffinierten, aber infamen Betrug hat sich allerdings bis heute gehalten.

# Majoran

Pflanze im Rang eines *Majors*. Friedrich der Große von Preußen versuchte nicht nur die Menschen, sondern auch das Pflanzenreich zu militarisieren. Auf preußischen Feldern gediehen lange Zeit nicht nur *Oberstan*, *Leutnan* und *Generalan*, sondern auch das gemeine und anspruchslose *Soldatan*, während *Matrosan* eine Wasserpflanze bezeichnete, die vor allem in den zahlreichen Gewässern der Mark Brandenburg Verbreitung fand. Auch die Nationalsozialisten haben mit einer Luftpflanze namens *Pilotan* oder mit dem Unkraut *Panzerfahran* experimentiert, das die feindliche Ernte überwuchern und vernichten sollte. All diese Neuzüchtungen sind nach kurzer Zeit wieder ausgestorben, weil sich Pflanzen nur ungern in Reih und Glied aufstellen und sich dem militärischen Drill fügen. Leider gibt es trotz dieser zahlreichen Fehlversuche bis heute Bestrebungen, das Pflanzenreich zu einem Soldaten zu erziehen, wie man an dem Südtiroler *Spalierobst* sehen kann. Wieso ausgerechnet das *Majoran* als einzige *Militärpflanze* überlebt hat, bleibt ein Rätsel, das erst durch weitere Untersuchungen wird geklärt werden können.

## Ausdünsten

Ein *Ausdünster* ist ein Kneipenhemd, das in einer *Ausdünstungszelle* seinen Zigarettendunst ausdünstet. Wenn es sich *ausgedünstet* hat, riecht es wieder frisch und kann erneut als Bürohemd getragen werden.

Wenn das Hemd mehrfach zum Rauchen in die Kneipe geht, wäscht ihm der Gefängniswärter in der Ausdünstungszelle allerdings ordentlich den Kopf, d. h. den Kragen. Dabei wird oft das ganze Hemd nass und am Ende gewaschen, so dass es von seinen Zigarettensünden reingewaschen ist. Wenn das Hemd sich immer noch kneipenrenitent zeigt, dreht der Wärter es durch die Mangel, was eine schmerzhafte, aber alle Hemdsündenfalten glättende Prozedur ist.

# Facharzt

Ein *Facharzt* kümmert sich um die Leiden von *Fächern*. So gibt es etwa den *Küchenfacharzt*, der von Pilzen befallene Küchenfächer behandelt, oder den *Lehrerfacharzt*, der wegen der vielen Blätter, die ein Lehrerfach tragen muss, Physiotherapiestunden zur Linderung von Bandscheibenproblemen verschreibt, oder den *Postfacharzt*, der wegen der Internationalität von Postfächern bakterielle oder virologische Untersuchungen zur Feststellung von eingeschleppten Krankheitserregern anstellt. Eine Besonderheit stellt der *Schließfacharzt* dar, dessen Patienten oft unter klaustrophobischen Anfällen leiden. Zu guter Letzt sei auch der *Fächerarzt* erwähnt, der nicht mit dem *Allgemeinen Facharzt* zu verwechseln ist, der sich um alle Arten von Fächerkrankheiten kümmert, während der eigentliche *Fächerarzt* heutzutage eher selten ist, denn viele Menschen verwenden keinen Handfächer mehr.

Eine weitere Besonderheit des *Facharztes* ist, er sucht seine Patienten alle persönlich auf und behandelt sie vor Ort, weil *Fächer* naturgemäß nicht sehr mobil sind, wenn man von dem *Handschuhfach* im Auto absieht.

# Aspirin

Das Wort *Aspirin* leitet sich aus dem italienischen Verb *aspirare*, einatmen her. *Aspirin* ist eine Tablette zum Einatmen, die von dem italienischen Forscher Renato Respiro und seinem deutschen Kollegen Heinrich Hauch erfunden wurde. Sie besaßen ein eigenes Labor in der Nähe der Hafenstadt Triest, in dem sie jahrelang nach einer wirksamen *Einatmungstablette* geforscht haben. Obwohl sie in den 1920er Jahren ein bahnbrechendes Produkt auf den Markt brachten, das rasch Verbreitung in der ganzen Welt fand, wurden Respiro und Hauch als homosexuelles Paar von den faschistischen Milizen verprügelt und wanderten schließlich nach Amerika aus, wo man ihren ausgewiesenen Weltruhm mehr zu schätzen wusste.

Kritiker der *Aspirin-Tablette* bemängeln bis heute, es sei immer noch nicht nachgewiesen, ob das Einatmungsmedikament seine unleugbare Wirkung nicht vor allem durch einen Placebo-Effekt erziele. Diese Diskussion hat dem Erfolg der berühmtesten Tablette der Welt bisher keinen Abbruch getan.

# Herzschlag

Der *Herzschläger* ist ein kleiner Mann, der in der *Herzkammer* wohnt und mit einem kleinen Hammer dem Herzen immer wieder leichte Schläge versetzt, damit es in Bewegung bleibt; damit es schneller läuft, wenn jemand den Bus erwischen muss; damit es schneller pumpt, wenn jemand die Treppe hochläuft; damit es seine Muskeln anspannt, wenn jemand ein Kind auf dem Arm trägt. Der *Herzschläger* sitzt fast immer in seiner *Herzkammer* und verrichtet von dort aus seine Arbeit. Nur manchmal legt er sich nachts auf den *Herzrasen* und schaut durch die Rippen den Mond an.

In den meisten Fällen ist der *Herzschläger* ein stiller und sanfter Zeitgenosse, dessen Wirken man oft über Jahre nicht wahrnimmt, aber es gibt auch rabiate *Herzschläger*, die ihren *Herzhammer* viel zu stark auf den Herzmuskel schlagen und dem Herzbesitzer viele Sorgen bereiten.

Sehr gefürchtet ist der Herzinfarkt, ein übler Geselle, der alles kurz und klein schlägt und auch gerne den *Herzschläger* verprügelt. In vielen Fällen jedoch erholt sich der *Herzschläger* rasch von diesen Verletzungen und geht dann wieder seiner gewohnten Arbeit nach.

Wenn am Ende des Lebens das Herz keine Lust mehr hat zu schlagen, geht auch der *Herzschläger* in Rente und liest auf dem von der Sonne beschienenen Brustfell ausgestreckt einen spannenden Schmöker, denn eine gewisse Aufregung ist für den *Herzschläger* auch in hohem Alter Lebenselixier.

# Gänsemarsch

Ein heute vergessener Marsch in C-Dur, den Johann Strauß 1888 anlässlich des 40. Krönungsjubiläums von Kaiser Franz Josef in Wien uraufführte. Der *Gänsemarsch* wurde nach kurzer Zeit wieder abgesetzt und ist in den Folgejahren nur noch selten gespielt worden, denn zeitgenössische Chronisten berichteten übereinstimmend, für einen Marsch habe der *Gänsemarsch* langsam und eintönig geklungen, selbst wenn er aus vielen kleinen, sich rasch abwechselnden *Trippeltönen* bestand. Offenbar empfand man ihn als zu realistisch und als eigentlich unmilitärisch.

Als allgemeinen pazifistischen Kitsch sah man zudem an, dass Strauß das Werk *meinem Gänseblümchen* gewidmet hatte, also seiner Enkelin, deren Verlobter, mit dem auch Großvater Strauß sich sehr verbunden fühlte, bei einem Militärmanöver ums Leben gekommen war. Der Schwiegerenkel hatte im zivilen Leben einen Bauernhof geführt, auf dem sich auch Strauß einige Zeit aufgehalten hat. Vermutlich hat ihn das Geschnatter und das Trippeln der dort frei herumlaufenden weißen Vögel zu seinem Marsch inspiriert. Ob diese Impressionen sich auch ohne den Tod des Schwiegerenkels zu einem musikalischen Werk verdichtet hätten, bleibt ungewiss.

Man hat Johann Strauß diesen pazifistischen Marsch lange vorgehalten, auch wenn er diesen *Friedenseinbruch*, wie er ihn selbst später nannte, rasch überwunden hat und in seinen verbliebenen Jahren wieder zu einer zackigen Marschmusik zurückgekehrt ist.

Den knapp zwanzig Jahre nach seinem Tod erfolgten Zusammenbruch seiner geliebten k. u. k.-Monarchie hat Johann Strauß nicht mehr miterlebt. Auch die Frage, ob der *Gänsemarsch* in unseren heutigen unsicheren und kriegerischen Zeiten nicht eine Wiederaufführung wert wäre, kann nicht beantwortet werden. Die Partitur, von der – wegen der allgemeinen Ablehnung des Werkes – nur das Strauß'sche Original geblieben war, gilt seit dem Ende des Zweiten Weltkrieges als verschollen.

# Geigenbauer

Ein *Geigenbauer* züchtet auf seinem Acker Violinen und muss bei der Arbeit große Geduld unter Beweis stellen, denn in vielen Jahren misslingt die Ernte, weil es entweder zu viel regnet, es zu trocken ist oder die *Geigenkäfer* über die Violinen herfallen, bevor sie ausgereift sind. Wenn die Ernte alle zehn Jahre tatsächlich ein Erfolg ist, geht der *Geigenbauer* mit einem Bogen über die Felder, um zu prüfen, ob die *Geigenpflanzen* bereits gut klingen. Fällt die Antwort positiv aus, nimmt er eine kleine Säge und schneidet die Geige von ihrer Wurzel ab. Danach lagert er die Instrumente für einige Monate in der *Geigenscheune*, wo sie austrocknen und ihren eigentlichen vollen Klang entwickeln. Der *Geigenbauer* wiederholt gerne seine althergebrachte Maxime: Eine korrekte Lagerung ist noch wichtiger als gute Wetterbedingungen.

Jede gelungene *Violinernte* findet reißenden Absatz bei den vielen Geigenspielern dieser Welt. Viele kommen von weither und nehmen beschwerliche Wege auf sich, um sich auf dem Hof des *Geigenbauern* die beste Violine auszusuchen. Da die Ernte so selten von Erfolg gekrönt ist, ist der Preis für eine gute, ausgereifte Geige astronomisch hoch. Geigenspieler müssen oft jahrelang sparen, um sich eine Geige, die ihren technischen Fähigkeiten entspricht, leisten zu können. Es gilt das Sprichwort: Neun Jahre muss der *Geigenbauer* hungern, im zehnten Jahr ist er reicher als Bill Gates.

# Geldwäsche

Ich wasche meine Münzen regelmäßig in einer kleinen Waschschüssel mit einem Tropfen *Münzwaschmittel*, weil Münzen wegen ihres ständigen Besitzerwechsels wahre Keimschleudern sind. Mein Nachbar jedoch, der mich im Garten mit meiner *Münzwaschschüssel* auf dem Schoß gesehen hat, hat mich gewarnt, *Geldwäsche* sei strafbar und werde mit einer hohen Gefängnisstrafe geahndet. Erschrocken habe ich das *Münzwaschwasser* ins Klo geschüttet und die Münzen wieder in mein Portemonnaie gesteckt. Der Nachbar ist ein etwas unangenehmer Mensch, dem ich nicht unbedingt Vertrauen schenke. Ich hoffe, er verpfeift mich nicht bei der Polizei. Andererseits ärgert es mich, dass *Geldwäsche* verboten sein soll, denn eine regelmäßige *Münzreinigung* ist eine gute Vorbeugung gegen Erkältungs- und sonstige Krankheiten.

## Brockhaus

Das *Brockhaus* ist ein altes ehrwürdiges Haus auf dem im Harz gelegenen Brocken. Es steht auf etwa 1100 Metern Höhe und bietet einen wunderbaren Ausblick auf ganz Mitteldeutschland. Das *Brockhaus* wurde zu Anfang des 19. Jahrhunderts erbaut und hat trotz zahl- und umfangreicher Umbauten und Erweiterungen nichts von seinem ursprünglichen Charme verloren. Das *Brockhaus* ist ein beliebtes Ausflugsziel und hat auch ein eigenes Restaurant, in dem frisches und herzhaftes Wissensessen angeboten wird. Das Dach des *Brockhauses* ist aus Buchziegeln gemacht, die immer wieder erneuert werden müssen, weil die harten Winter im Harz ihnen stark zusetzen. Bei uns zuhause hing an der Wand ein breites Panoramafoto des *Brockhauses*, das ich in meiner Kindheit immer wieder angeschaut und aus dessen Betrachtung ich viel gelernt habe.

Seit einigen Jahren überlegt man jedoch, ob das *Brockhaus* nicht für das digitale Zeitalter rundum neugestaltet und durch einen Betonbau ersetzt werden muss und viele alte Bilder des *Brockhaus*, die früher in hohen Ehren gehalten wurden, werden heute auf dem Flohmarkt verscherbelt, weil kaum ein Mensch noch gedruckte Fotos haben will. Ich persönlich habe mir vor einiger Zeit ein altes Bild des *Brockhauses* von 1848 gekauft, auf dem es noch ganz ursprünglich aussieht. Immer wieder entdecke ich auf dem Foto Details, die mich ins Staunen versetzen und mir etwas offenbaren, das ich im Netz vergeblich suchte, aber meine Sehnsucht nach dem schon ganz braun gewordenen Fotopapier ist wohl hoffnungslos veraltet und auch meine Skepsis gegenüber dem digitalen Umbau des eigentlichen *Brockhauses* auf dem Brocken gehört nicht mehr in unsere Zeit.

## übertriebene Sorgen

*Die übertriebenen Sorgen.* Die Sorgen sind ein kleines, aber hartnäckiges Volk, das im Inneren des Menschen haust und sich *über-tri-ebenen,* also auf drei Ebenen, bemerkbar macht: In den Füßen, weil man nervös hin und her läuft, im Bauch, weil man dort Schmerzen empfindet, die nicht existieren, und im Kopf, wo die ausgelassenen Kinder der Sorgen ständig an den Nerven zerren und auf ihnen herumtrampeln, was diese tatsächlich ernsthaft beschädigen kann.

# Pfefferstreuer

Ein *Pfefferstreuer* war im europäischen Mittelalter ein einfacher Arbeiter, der im Winter aus einem Jutesack Pfeffer auf die Straße streute, um den Schnee schmelzen zu lassen. Wenn der Pfeffer im Mund brannte, wirkte er auch gut gegen Glatteis, sagte man damals. Pfeffer war zu jener Zeit eines der wichtigsten Handelsgüter, weil die Winter in Europa noch streng waren.

Es gibt heute wieder Bestrebungen, Pfeffer statt Salz für den Winterdienst einzusetzen. Erste Testreihen zeigen erfreuliche Ergebnisse. Ein Nachteil jedoch ist, Amseln, Meisen und auch Mäuse und Eichhörnchen picken die Pfefferkörner auf und bekommen davon Durchfall.

# Milchquote

Der neueste Trend in den Familien ist zu wetten, wie lange die Milch noch hält. Die *Milchquote* drückt aus, wie hoch die Gewinnchancen sind, dass die Milch noch 5 Tage oder länger frisch bleibt. Bei der Wette wird nur die Haltedauer von traditionell hergestellter Milch akzeptiert. Mit länger haltbarer Milch zu wetten, gilt als unfair und ist in manchen Bundesländern sogar verboten.

Männer sind es von Sportwetten her gewohnt, hohe Beträge einzusetzen. Die Polizei ermittelt bereits gegen zahlreiche Familienväter wegen Betrugsverdachts, denn bei einem ehrlichen Wettvorgang gewinnen meistens die Frauen, da sie die Haltbarkeit der Milch besser einschätzen können. Experten sehen in dieser neuen Wettkultur einerseits eine willkommene Umschichtung des Volksvermögens von den Männern auf die Frauen und andererseits einen Ansporn für die Männer, sich mehr Haushaltswissen anzueignen.

## Verrücktheit

Englische Höhenforscher, die auch *shift height researchers* genannt werden, behaupten, seit dem Brexit-Referendum habe sich die britische Insel um ca. 30 cm nach oben und in Richtung Westen aus dem Meer *verrückt*. Pro Jahr sei mit einer weiteren *Verrückung* um 2-3 cm zu rechnen. Ob ein ursächlicher Zusammenhang mit der Erleichterung der meisten Briten über den Austritt aus der Europäischen Union bestehe oder ob das Phänomen bereits in den Jahren davor eingesetzt habe, habe man noch nicht abschließend klären können. Dennoch sei schon jetzt festzustellen, Großbritannien sei auf Grund dieser Erhebung aus dem Meer bestens gegen den durch den Klimawandel verursachten Anstieg des Meeresspiegels gewappnet. Kritiker fragen zwar, was mit dem ebenfalls zum Vereinigten Königreich gehörenden Nordirland geschehe, wo eine derartige Landeserhebung bisher nicht festgestellt werden konnte, aber unbestritten ist: Seitdem die britische Regierung diese Forschungsergebnisse veröffentlicht hat, ist die Zustimmung zum Brexit, die in den letzten Jahren spürbar nachgelassen hatte, wieder deutlich gestiegen.

## Blechmusik

Im vorigen Jahrhundert vor dem Zeitalter des Internets anderer Ausdruck für Bezahlmusik, weil man für ein Musikerlebnis noch *blechen*, d. h. eine Schallplatte oder CD kaufen musste. Die heutige Jugend benutzt das Wort *Blechmusik* auf abschätzige Weise, um zum Ausdruck zu bringen, die Altvorderen hätten sich von der Musikindustrie über viele Jahre ihr Geld aus der Nase ziehen lassen. Wozu für etwas bezahlen, wenn man es auch kostenlos haben kann?

## Rosenkrieg

*Krieg der Rosen*: deutscher Spielfilm über den Kampf der Insekten um die Vorherrschaft im *Rosenall*. Erleben Sie spannende Kämpfe, große Schlachten und herzzerreißende Romanzen. Mit dabei: die betörende *Marlene Mücke*, der hochgiftige *Hornissen-George*, der nur scheinbar unschuldige *Marienkäfer Lore*, der coole *Till Tausendfüßler*, die zierliche *Veronika Wespe*, die mit allen Wassern gewaschene *Katja Blattlaus*, die klassische Schönheit *Hildegard Biene* und der mächtige und herzlose Bösewicht *Heino Fliege*.

## Drachenfels 2.0

Der *Drachenfels* ist ein Hügel im Siebengebirge bei Bonn, wo der Drache Siegfried wohnt. Jahrhunderte lang hat er in Frieden auf seinem Hügel leben können, aber die vielen Touristen, die seit einigen Jahrzehnten auf den *Drachenfels* steigen oder mit der Zahnradbahn hochfahren, kann er nicht leiden und schleudert Feuersteine auf sie, die zischend im Rhein landen, weil der wegen seines fortgeschrittenen Alters kurzsichtig gewordene Drache nicht mehr gut zielen kann. Ein Bagger holt die abgekühlten Steine aus dem Fluss. Am Wochenende arbeitet der Baggerfahrer nicht, obwohl Samstag und Sonntag besonders viele Touristen auf den *Drachenfels* steigen und Siegfrieds Steinwürfe die Durchfahrt der Schiffe auf dem Rhein blockieren. Der Baggerfahrer hat am Montag auf jeden Fall alle Hände voll zu tun. Er häuft die Steine auf einen neuen *Drachenfels*, der direkt neben dem alten *Drachenfels* liegt.

Die Gemeinde Königswinter, auf deren Territorium sich der *Drachenfels* befindet und die vor allem die Interessen der vielen Gastwirte, Hoteliers und Souvenirverkäufer in der Stadt im Blick hat, diskutiert schon lange, wie sie Siegfried dazu bewegen kann, von dem fast abgetragenen alten *Drachenfels* auf den schon mit einer neuen

Zahnradbahn versehenen neuen *Drachenfels* überzusiedeln. Drachen sind jedoch wie Katzen, sie wechseln nur ungern ihren Wohnsitz.

# Wiedehopf

Dialektaler Ausdruck aus dem Rheinland für *Wie de Hopf*, also Wie der Hopfen. *Wiedehopf* war ein in Deutschland inzwischen ausgestorbener Vogel, der sich gerne in Hopfenfeldern versteckt hielt, weil sein Gefieder wie ein Hopfenmuster aussah. Wenn im vorletzten Jahrhundert das Bier frisch gezapft wurde, wurde der *Wiedehopf* von dem bitteren Geschmack des Hopfens im Bier angelockt und betrank sich regelmäßig. Wenn er aber besoffen war, trällerte er sein charakteristisches Lied: *Upupa*. So konnten seine Feinde wie der Fuchs oder der Rotmilan ihn leichter aufspüren, was ihm zum Verhängnis wurde.

# Aprikose

Das Wort stammt aus dem Italienischen und steht für *apri cose*, öffne Dinge. Wenn jemand also eine *Aprikose* in der Mitte öffnet, um sich zunächst die eine Hälfte der Frucht und dann die andere in den Mund zu stecken, kann man oft ein erstauntes und beglücktes Glucksen hören, als ob der *Aprikosenesser* gerade eine magische Welt entdeckt hätte. Manche behaupten denn auch, sie hätten sich, als sie die *Aprikose* geöffnet und gegessen hätten, wie auf einer Weltreise empfunden, die ihnen ganz neue Erkenntnisse vermittelt habe. Andere halten solche *Erlebnisse* für einen raffinierten Marketinggag der *Aprikosenzüchter*, um den Verkauf der Fruchtsorte noch weiter anzukurbeln. Seit einigen Jahren hat sich der Preis für ein Kilo guter *Aprikosen* jedenfalls mehr als verdoppelt.

## Fettverbrenner

Der *Fettverbrenner* wird auch *Butterauto* genannt. Es verbraucht acht bis zehn Butterpäckchen pro hundert Kilometer. Es gibt sparsamere Modelle, aber auch solche, die deutlich mehr Buttereinsatz erfordern, dafür aber wesentlich schneller fahren. Ist das *Butterauto* eine Alternative zum Benzinverbrenner? Das hängt ganz davon ab, wen man fragt. Für die einen ist der Fettverbrenner *die* ökologische Erfindung des 21. Jahrhunderts, die anderen sagen, der Gestank von verbrannter Butter sei unerträglich und extrem schädlich. Noch andere sagen, ein *Fettverbrenner* sei, wenn er direkt vom Montageband komme, viel zu schwerfällig. Erst nach einigem Fahren gewinne er an Format und Schnelligkeit.

# Schwanzmeise

Eine *Schwanzmeise* sitzt den ganzen Tag in der Kneipe und schaut sich durch die Beine, um ihren wippenden Schwanz anzusehen. Sie ist fasziniert von ihrem langen Teil. Am Abend kommt eine *Blaumeise* in das Lokal und brüstet sich mit ihrem blauen Kopf. Schau dir erstmal meinen Schwanz an, sagt die *Schwanzmeise*, aber die *Blaumeise* findet an ihm nichts Besonderes. Da verliert die *Schwanzmeise* die Fassung. Die *Blaumeise* erwidert, du hast wohl eine Meise und fliegt davon. Die *Schwanzmeise* bleibt allein mit ihrem Schwanz und wippt ihn traurig hin und her. Sie hat ein schlechtes Gewissen, weil sie die *Blaumeise* schlecht behandelt hat. Bei ihrem letzten Bier schläft sie ein und träumt, sie sei selbst eine *Blaumeise*. Als sie aufwacht, ist ihr Gesicht ganz verweint. Sie nimmt ihren Mut zusammen, fliegt aus der Kneipe, findet andere *Schwanzmeisen* und fühlt sich glücklich.

## Leber

Der *Leber* ist ein Macho alter Schule, der viel trinkt, fettige und ungesunde Speisen isst, dazu täglich ein großes Rindersteak. Er ist übergewichtig und bewegt sich kaum aus seiner Wohnung. Der Mann ist ein typischer *Schnellleber*, der schon bald ins Grab steigen wird. Seine Frau, die *Leber*, hingegen hat den ganzen Tag zu tun und kann sich kaum ausruhen. Was er verbockt hat, muss sie alles ausbaden. Sie sagt ihrem Mann immer öfter, ich halte das nicht mehr lange aus, ich werde selbst ganz krank von deinen schlechten Gewohnheiten, aber er hört nicht auf sie. Eines Tages streikt die *Leber*. Er will sein Leben trotzdem nicht ändern. Da gibt sie ihm den Laufpass, wandert nach Amerika aus und heiratet einen *Langsamleber*, mit dem sie noch viele glückliche Jahre verbringt.

## Smoking

Informelles Gesetz, nachdem man bei großen Diplomatenempfängen nur mit einer Zigarette oder Zigarre im Mund erscheinen darf. Mein Großvater, der 1927 in den diplomatischen Dienst des französischen Staates eintrat und eigentlich Nichtraucher war, hat sehr unter dieser Usance gelitten, die zum Glück einige Jahre später bereits ein wenig gelockert wurde. Trotzdem hat es der Karriere meines Großvaters sehr geschadet, dass er nur widerwillig und später gar nicht mehr an diesem Rauchspiel teilnahm. Es galt lange Zeit eben als schick und als selbstverständlich, auf Empfängen zu rauchen. Wer das nicht akzeptierte, galt als Sonderling, dem man nicht vertrauen konnte. Großvater hat es daher nie weiter als bis zum stellvertretenden Generalkonsul gebracht, obwohl er den Diplomatenjob mit Leidenschaft und wohl auch mit viel Talent erfüllte, wie man seinen unveröffentlichten Erinnerungen entnehmen kann. Endgültig das Genick gebrochen hat ihm die Tatsache, dass er im Zweiten Weltkrieg nicht der Vichy-Regierung dienen wollte und dafür in ein deutsches Lager gesperrt wurde, das in der Nähe von Koblenz lag. Eine junge Deutsche steckte dem Internierten regelmäßig Lebensmittel zu, weil er trotz seiner nicht mehr so jungen Jahre fesch aussah, wie sie später erklärte. Die beiden verliebten sich ineinander und heirateten nach Kriegsende. Da die Mutter meiner Großmutter pflegebedürftig war, blieben die Frischvermählten in Deutschland. 1949 gebar meine Großmutter Drillinge.

Alle ihre drei Kinder, darunter auch meine Mutter, bewarben sich 1976 für das deutsche Auswärtige Amt in Bonn. Nur meine Mutter bestand die schon damals nicht einfache Aufnahmeprüfung und legte als Kettenraucherin in den folgenden Jahren eine steile Karriere hin, bis sie 1999 Botschafterin bei den Vereinten Nationen wurde.

# Wandteppich

In den futuristischen Häusern des späten 21. Jahrhunderts ist Abwechslung das oberste Prinzip. Alle zwei Wochen dreht sich das Wohnzimmer um 90 Grad, so dass aus dem *Bodenteppich* ein *Wandteppich* wird und aus der Deckenlampe eine Wandlampe. Der Mensch aber ist ein Gewohnheitstier und will weiter auf dem Teppich laufen und dass das Licht auf seinen Kopf scheint. Also läuft er mit den Füßen an der Wand, was mit ein bisschen Übung gut klappt. Das mit dem Licht ist hingegen eigentlich kein Problem, denn das Seitenfenster ist jetzt zu einem Dachfenster geworden, so dass der Bewohner weiterhin Licht von oben erhält. Das Einzige, was er vermisst, ist die Aussicht, aber die Abwechslung hat eben ihren Preis und er kann jederzeit nach draußen gehen und zu dieser Hochsommerzeit am frühen Nachmittag die untergehende Sonne genießen.

## *impresa di pompe funebri*

Eine *impresa di pompe funebri* ist im Italienischen ein Bestattungsinstitut, das wörtlich übersetzt Trauerpumpenunternehmen heißt. Aber was sind Trauerpumpen? Dazu muss ich etwas ausholen. Wenn man ein gewisses Alter erreicht hat, ist zu vermuten, dass die eigenen Eltern irgendwann das Zeitliche segnen. Wenn dieser Fall dann eintritt, ist man sehr bestürzt und weint oft einen halben Tag. Je älter man wird, desto mehr gewöhnt man sich allerdings an Todesfälle, jedenfalls solange es nicht der eigene ist. Auch wenn wichtige und enge Freunde sterben oder gar der eigene Ehemann, die Tränen fließen nicht mehr so üppig wie noch beim Tod der Eltern. Mit der Zeit fließen die Tränen gar nicht mehr. Doch wer je auf einer Beerdigung war, weiß, Tränen gehören zum guten Ton, ein tränenloser Mensch gilt als hartherzig und gefühllos. Hier kommen die Trauerpumpen ins Spiel. Den Rest kann sich jeder selbst ausmalen, der ein bisschen mit der Raffinesse moderner Technik vertraut ist.

# Lampenfieber

Heute Abend findet das Viertelfinale der deutschen Mannschaft bei der Heim-EM gegen die favorisierten Spanier statt. Wahrscheinlich werden wir aus dem Turnier ausscheiden. Ich erzähle der eleganten *Stehlampe*, die bei uns im Wohnzimmer steht und die ich von meiner Mutter geerbt habe, von dem Spiel und wie sehr ich hoffte, wir würden doch siegen. Die *Lampe* blickt mich mit flackernder *Sparlampe* an. Sie scheint ganz aufgeregt und erklärt feierlich, sie *fiebere* mit mir mit, doch während sie das sagt, fällt mein Blick zufällig auf das Etikett auf ihrer Rückseite, auf dem steht: *Made in Spain*. Heuchlerin! Verräterin! Ich werde dich nie wieder anschalten. Und dein *Spanienfieber* kannst du dir an den Hutschirm binden.

# Magenverstimmung

*Magenverstimmung* ist eine Heiserkeit des Magens, die fast ausschließlich bei Bauchrednern auftritt und unbehandelt ernsthafte Folgen haben kann, bis hin zu einem schwerwiegenden *Magenhusten* oder gar zum Verlust der Bauchstimme. Bei einem gutartigen Verlauf der *Magenverstimmung*, der sich meist durch eine ausgedehnte Ruhezeit in den häuslichen vier Wänden ergibt, kann der Bauchredner nach einigen Tagen zu einem zertifizierten *Magenstimmer* gehen, mit dem er durch gezielte Übungen, die sich über einige Tage hinziehen, den vollen Gebrauch seiner Bauchstimme wiedererlangt. Eine medikamentöse Behandlung ist bei einer einfachen *Magenverstimmung* nicht angeraten, da die Nebenwirkungen der Magentabletten deren Nutzen übersteigen. Bei einem *Magenhusten* ist der Einsatz von Antibiotika jedoch gerechtfertigt.

# Käserinde

*Käserinde* ist die Rinde von Käsebäumen. Diese sind nur in Europa verbreitet. In Asien vertragen sie das Klima nicht und in Afrika ist es ihnen zu heiß. *Käsebäume* haben meist weiße oder gelbe Blüten und relativ große, runde Früchte, die unangenehm riechen, wenn sie überreif und zu sehr der Sonne ausgesetzt werden. Als Delikatesse, die man in kleine Stücke schneidet und sich in den Mund steckt, sind die vollreifen *Käsefrüchte* jedoch sehr beliebt. Im Gegensatz zu den Apfelbäumen sind die regionalen Varietäten der *Käsebäume* noch sehr groß. Als Viehfutter sind *Käsefrüchte* nicht geeignet.

Wirtschaftlich bedeutender als *Käsefrüchte* ist jedoch die *Käserinde*. Sie wird alle 8-10 Jahre von dem *Käsebaum* abgeschnitten. Für einige Jahre sieht der *Käsebaum* nackt und elend aus, aber dann hat sich die *Käserinde* neu gebildet und der Baum strahlt so majestätisch wie zuvor. Seit alters her werden aus der *Käserinde Käseschuhe* hergestellt, die wegen ihrer Elastizität ein sehr angenehmes Laufgefühl verleihen und wegen ihrer ungewöhnlichen Langlebigkeit sehr geschätzt werden. Außerdem sind *Käseschuhe* für ihren verführerischen Duft bekannt, der auch nach jahrelangem Tragen nicht nachlässt. Die Produktion von

*Käseschuhen* ist aufwendig und sie bleiben für den normalen Geldbeutel nahezu unerschwinglich. Im Zeitalter des Internets hat sich jedoch ein schwunghafter Handel mit *gebrauchten Käseschuhen* etabliert, so dass dieses Statussymbol allmählich auch in breiteren Schichten getragen wird. *Käseschuhe* werden vor allem in Frankreich und Italien hergestellt und gerne bei hochoffiziellen Anlässen vorgezeigt. Es heißt, König Charles besitze eine für normale Sterbliche unvorstellbar große Sammlung von 50 Paar *Käseschuhen*, die teilweise schon seinem Großvater bzw. seinem Urgroßvater gehört haben sollen. Offiziell bestätigt hat Buckingham Palace dieses von einem amerikanischen Modeportal verbreitete Gerücht nicht. Sicher ist hingegen, *Käseschuhe* sind ein exklusiv europäisches Produkt, um das uns viele, vor allem asiatische Länder beneiden.

Auch ich habe schon damit geliebäugelt, mir eventuell ein gebrauchtes Paar *Käseschuhe* zu ersteigern, aber man ist sich nie sicher, ob sie tatsächlich noch gut duften, und für den Preis, den man bereit sein muss zu zahlen, will man kein zweitklassiges Produkt. Ich überlege noch, aber vielleicht werde ich es wagen. Die Vorstellung, in der Philharmonie mit einem Paar *Käseschuhe* zu erscheinen, hat etwas Berauschendes an sich.

# Hausmeister

Jeden Abend um sechs haben wir am offenen Fenster zu stehen, egal ob wir frieren oder schwitzen. Der *Hausmeister* trifft ein paar Minuten später ein, stellt sich im Innenhof an sein Pult und wiederholt kurz, was er schon am Vortag über das einzuübende Stück gesagt hat. Dann stehen wir alle mit unseren Instrumenten an den Fenstern, der *Hausmeister* bittet um Ruhe, hebt den Taktstock und schon geht es los. Nach kurzer Zeit unterbricht er. Sein Gesicht ist vor Wut rot angelaufen und er schreit, was für eine Saubande wir seien, dass wir nichts könnten, dass wir uns schämen sollten. Wenn aber dieser schwierige Anfangsmoment überwunden ist, beruhigt sich der *Hausmeister* und wir können eine ganze Weile ohne Unterbrechung spielen. Im Moment üben wir zum Glück ein recht einfaches Stück, das wir in zwei Wochen in der St.-Andreas-Kirche, die nicht weit entfernt liegt, aufführen werden. Es heißt, der *Hausmeister* studiere die Partituren mit großer Verbissenheit und dem Willen, sich keine Nuance entgehen zu lassen. Er sei ein richtiger *Musikjunkie*, wie auch Sir Simon Rattle einmal von sich gesagt hat.

Der *Hausmeister* wohnt in einer besonders hellen und schönen Wohnung im obersten Stock. Ein

Nachbar, der in unserem Orchester die erste Geige spielt, hat mir kürzlich erzählt, die besagte Wohnung sei schon seit vielen Jahren traditionell für den *Hausmeister* reserviert. Einen *Hausmeister* gebe es hier im Übrigen seit dem Bau des Hauses im Jahre 1876. Diese Mitteilung hat mich beeindruckt und ein wenig stolz gemacht. Ich überlege mir sogar, ob ich von meinem eigenen Geld nicht eine neue Bratsche erwerbe, denn meine alte, die ich meinem Vormieter abgekauft habe, ist schon etwas verschlissen.

Je näher der Konzerttermin rückt, desto nervöser wird der *Hausmeister* und desto mehr schreit er herum. Wenn der Hausbesitzer uns nicht einen Teil der Miete für unsere Beteiligung an dem *Hausorchester* erlassen würde, hätten einige von uns wohl schon längst aufgegeben. Wir spielen seit Jahren zusammen – ich erst seit fünf – und trotz seiner Wutanfälle schätzen wir die Professionalität und den leidenschaftlichen Einsatz unseres *Hausmeisters*.

Die Konzertpremiere verläuft zum Glück ohne Zwischenfälle. Als wir uns am nächsten Tag zu einer Nachbesprechung treffen, hören wir ein seltenes Lob vom *Hausmeister* für unsere Leistung. Zum Schluss sagt er, morgen sehen wir uns wieder um 18 Uhr. Ich habe bereits ein neues Stück gefunden, das wir einstudieren können. Es ist etwas anspruchsvoller als das letzte. Ich erwarte also einiges von euch in den kommenden Wochen.

Mit diesem Satz, der uns halb Angst macht und halb mit Stolz erfüllt, steigt der *Hausmeister* gemessenen Schrittes von seinem Pult herab und begibt sich ins Treppenhaus, die zu seiner Wohnung führt.

# Pullover

Englisches Wort für *Ziehüber*, also jemand, der das *Ziehen übt*. Das Ziehen muss gelernt sein. Man muss viele Finten und Manöver kennen, um einen Gegner beim Ziehen zu überlisten und zu besiegen. Einmal im Jahr findet der Ziehwettbewerb statt. Ob der noch unerfahrene *Ziehüber* für den Wettbewerb zugelassen wird, entscheiden die *Ziehgeübten* erst nach gründlicher Prüfung des Kandidaten. Es kommt selten vor, dass ein *Ziehüber* gleich zu Beginn seiner Karriere einen Wettkampf für sich entscheiden kann, aber mit den Jahren wächst er immer mehr in den *Ziehsport* hinein, der nicht nur eine körperliche Betätigung, sondern auch eine Schule für das Ziehleben ist.

Wer als *Ziehüber* das erste Mal einen Ziehkampf, der meist im späteren Herbst stattfindet, bestreitet, muss sich eine dicke und geschlossene Ziehjacke überziehen, die ihn als *Ziehüber* ausweist. Hat der *Ziehüber* seinen ersten Ziehkampf gewonnen, wird ein großes Ziehfest ausgerichtet. Die Kosten dafür muss der *Ziehüber* selbst bestreiten. Wer fünf Ziehkämpfe gewonnen hat, gilt als *Ziehgeübter* und darf eine Frau oder einen Mann ehelichen. Soweit zu den *Ziehübern*.

## Schloss

Wenn sich ein Schlossbau für einen Schlossbau hält und ein Türschloss für ein Türschloss, hat er oder es ein gesundes Realitätsbewusstsein. Wenn aber ein Türschloss glaubt, ein Schlossbau zu sein, hat es eine *Schlossose*. Wenn ein Schlossbau hingegen glaubt, es sei ein Türschloss, dann hat es eine *Schlossion*. Wer *schlossisch-schlossiv* ist, glaubt, er sei sowohl ein Türschloss als auch ein Schlossbau. Wer hingegen glaubt, er sei weder Türschloss noch Schlossbau, ist ein *Schlohilist*. Der *Schlohilismus* aber ist keine Krankheit, sondern nur eine etwas absonderliche Meinung. Wer hingegen eine der drei oben genannten Krankheiten hat, geht am besten zu einem *Schlosser*, also einem Doktor für *Schlosskrankheiten*.

## Untergang und Übergang

Ich lief auf dem *Untergang* entlang und erfreute mich des plätschernden Baches hier am Talgrund. Trotzdem überkommt einen auf diesem tiefen Weg manchmal eine gewisse Melancholie. Eine scheue Wasseramsel flog plötzlich vor mir in die Höhe. Mein Blick folgte ihr und wanderte hoch zu den Bergen. Ich dachte, ich würde gerne mal wieder oben auf dem *Übergang* einen Spaziergang machen. Dort ist die Luft nicht so feucht und stickig wie hier. Ich könnte mich nach dem Spaziergang in das Café auf der Bergspitze setzen und einen Kaffee bestellen und hätte einen wunderschönen Ausblick in das nächste Tal. Möglicherweise ziehe ich eines Tages sogar in dieses Tal, wo das Leben vielleicht weniger beschwerlich ist, aber ich habe mich noch nicht entschieden.

## Stachelbeeren

Ein *Stachelbär* ist fast zwei Meter groß und trotzdem eher ein Schwächling. Um sich dennoch vor seinen Feinden zu schützen, hat er am ganzen Körper kleine Stachel, die er in einem Gefahrenmoment aufrichten kann und damit jeglichen Gegner abschreckt. Ich habe in meinem Leben einmal einen *Stachelbär* in freier Wildbahn erlebt. Zunächst schien er lieb und sanft und ich hätte ihn am liebsten gestreichelt, aber als ich ihm näherkommen wollte, hat er sich bedroht gefühlt, seine Stacheln aufgerichtet und hätte mich fast zu Tode gestochen, wenn ich nicht meine Beine in die Hände genommen hätte und so schnell wie möglich davongerannt wäre.

## Salzwasser

Im *Salzwasser* lebt das *Salztier*. Es ist sehr klein und ernährt sich nur von Salz. Dieses vielleicht kleinste Säugetier der Welt filtert das Salz mit seinen *Salzzähnen* aus dem Wasser heraus, lässt es eine Weile auf der Zunge zergehen und dann in den Magen gleiten. Eigentlich hat das *Salztier* im Meer eine ideale Nahrungsgrundlage, trotzdem ist es relativ selten. Das mag daran liegen, dass die Aufzucht der Jungen mit *Salzmilch* nur selten gelingt. Zudem wurde die *Salztierpopulation* im 19. Jahrhundert durch wahllose Jagd durch den Menschen stark dezimiert. Dabei gilt das Fleisch des *Salztieres* wegen seines starken Salzgehalts als ungenießbar, aber viele Jäger hängten sich ein ausgestopftes *Salztier* an die Wand ihres Wohnzimmers, weil ein *Salztier* auch lange nach dem Tod sehr beeindruckend aussieht. Zudem galt das *Salzherz* dieses kleinen Säugers in bestimmten Regionen Europas als unvergleichlich starkes Potenzmittel. Schon 1922 wurde das *Salztier* allerdings unter strengen Schutz gestellt. Seitdem haben sich die Bestände etwas erholt. Naturschützer sind dennoch besorgt, weil die zunehmende Meeresverschmutzung anscheinend auch den *Salztieren* zu schaffen macht.

*Salztiere* gelten als ungemein liebenswürdige Lebewesen, die oft neben Booten oder Schiffen schwimmen, weil sie hoffen, Salzabfälle abzubekommen. Wenn sie dem Boot ganz nahekommen, kann man sie mit der Hand am Rücken streicheln.

# Heiserkeit

Mein Chef heißt *Sir Orson Kite* und hat ständig einen Husten, dass mir davon die Ohren wehtun. Er ist eigentlich ein erfolgreicher Schriftsteller und schreibt die tollsten Romane, aber seit Jahren kann er wegen einer unglücklichen Liebe nicht mehr schreiben. Ich bin sein Allesmacher und heiße Dante Linguasciolta. Um *Sir Kite* aufzumuntern, bin ich immer wieder frech zu ihm und wecke ihn jeden Morgen in seinem Schlafzimmer mit einem forschen: *Hi Sir Kite*. Er mag so eine informelle, amerikanische Begrüßung nicht, weil er noch ein englischer Gentleman alten Schlages ist. Zudem erinnere ihn mein Weckruf an ein schlimmes deutsches Wort. Ich würde auf diese Weise seinen Husten nur noch verschlimmern und brächte ihn womöglich frühzeitig ins Grab. Ich habe keine Ahnung, welches Wort *Sir Kite* meint, denn die deutsche Sprache ist für mich ein Buch mit sieben Siegeln, aber ich lasse mich von seiner Kritik nicht entmutigen und versuche trotzdem, Sir Kite mit allen Mitteln von seinem Husten und seinem Liebeskummer zu kurieren.

Eine Freundin erzählt mir, Meeresluft tue bei einer Erkältung wahre Wunder, aber in dieser Winterzeit ist es am Meer einfach zu kalt. Meine Freundin insistiert, fliegt doch auf die Kanaren.

Dort ist es immer warm. Als wir am Flughafen von Fuerteventura landen, ist *Sir Kite* erst skeptisch, ob ihm die Inselluft guttun wird. Wir liegen einige Tage am Strand, aber der Husten von *Sir Kite* wird nicht besser. Schließlich fällt mir ein, wir könnten, um die Situation ein wenig zu entspannen, einen Drachen kaufen. Das Drachen steigen lassen macht *Sir Kite* einen solchen Spaß, dass sein Husten bald nachlässt. Es ist, als ob er in dem Drachen sich selbst erkenne. Ein kleiner Resthusten aber ist noch da.

Am Strand begegnen wir auch – es geschehen noch Zeichen und Wunder – der alten Liebe von *Sir Kite*, die ihn wegen eines jüngeren Mannes hatte sitzen lassen. Dieser aber hat sich gerade eine neue Liebhaberin gesucht und um ihren Liebeskummer zu stillen, ist *Sir Kites* alte Liebe nach Fuerteventura geflogen. Bald sind sie wieder ein Paar und laufen glücklich und Händchen haltend den Strand entlang.

An seinem Geburtstag, der auf den 22. Dezember fällt, will ich Sir Kite eine Freude bereiten und wecke ihn mit einem fröhlichen: *Good morning, Sir Kite!* Da wirft er mir von unter seiner Bettdecke einen freudestrahlenden Blick zu und sein Husten, dieser hartnäckige Kerl, macht sich endgültig aus dem Staub.

# Geschichten

Meine *Geschichten* haben sich meinen Kopf erobert. Wenn ich Fahrrad fahre, weiß ich nicht, ob ich in einer Geschichte von mir oder in der Realität bin. Meine Frau ist besorgt um mich, dass ich deswegen in einen Unfall verwickelt werden könnte, und sagt, ich solle vielleicht mal eine Pause machen mit meinem *Geschichten* schreiben. Ich antworte ihr, ich mache mir deswegen keine Gedanken und fühle mich sicher im Straßenverkehr, denn auch wenn ich eine *Geschichte* verfasse, muss ich auf viele Regeln achtgeben. Meine Frau stößt einen Dem-ist-nicht-zu-helfen-Seufzer aus und setzt sich wieder auf die Terrasse.

### *complotto*

*Complotto* ist die Abkürzung für *Kompaktlotto*, bei dem man mit einer einzigen Zahlenkombination auf alle Lottospiele der Welt setzen kann, wodurch man seine Chancen auf einen großen Gewinn um ein Vielfaches erhöht. Trotzdem hat man noch nie von einem Gewinner in diesem besonderen Lottospiel gehört, was allerlei Vermutungen ins Kraut schießen lässt, ob hier alles mit rechten Dingen zugehe. Nichtsdestotrotz spielen immer mehr Menschen beim *Complotto* mit und reden sich ein, bei einer der nächsten Ziehungen würden sie die großen Gewinner sein.

Und die *Complottisten*, wie die *Kompaktlottospieler* genannt werden, können sich tagelang die Köpfe heißreden, welche von ihren Zahlenkombinationen die höchsten Gewinnchancen hat, und manchmal gehen sie sich auch fast an die Gurgel, weil sie zu keiner gemeinsamen Meinung kommen. Sie sind zudem der Ansicht, ihre eigene Zahlenkombination müsse magische Kräfte besitzen und schon von daher bei einer der nächsten Ziehungen einen großen Gewinn erzielen.

Die Zahlenkombination, die man einmal gewählt hat, bleibt ein Leben lang bestehen und kann nicht mehr geändert werden, auch wenn sie sich als wenig aussichtsreich herausstellt. Viele *Com-*

*plottisten* wählen die gleiche oder eine ähnliche Nummer, weil diese als besonders magisch gilt. Es gibt aber auch die abstruseste Zahlenkombination, die niemand sonst wählen würde. Mancher würde im Laufe seines Lebens gerne seine Nummer wechseln, aber das ist nicht möglich. Noch schwieriger ist es, ganz aus diesem Spiel auszusteigen. In einem solchen Fall gilt man bei den anderen *Complottisten* als Abtrünniger und muss sein Leben als Außenseiter fristen. Die allermeisten jedoch bleiben gerne bei ihrer Zahl und fühlen sich pudelwohl mit ihr, wie sie selbst sagen. Sie besäßen durch ihre Nummer einen Platz im Leben und sähen sich als Teil einer größeren Ordnung. Manche *Kompaktlottospieler* lieben ihre Lottonummer mehr als ihre Ehefrau.

Laut den *Complottisten* läuft die ganze Welt wie ein einziges Lottospiel ab und es sind immer die Oberen oder irgendwelche Geheimmächte, die bestimmen, welche Zahl gewinnt. Gegen diesen Glauben hilft keinerlei Versicherung der Lottogesellschaften, bei ihnen entscheide rein der Zufall, welche Zahl als Sieger aus den Hunderten von Ziehungen, die jede Woche stattfänden, hervorgehe.

Ich persönlich habe noch nie *Kompaktlotto* gespielt, weil es auch sehr teuer ist. Wenn man sich eine Nummer kauft, werden dem Lottospieler 100 Euro oder mehr die Woche vom Konto abgebucht. An den Zahlungen für das *Kompaktlotto* sind viele Familien schon zerbrochen.

## Kopf der Medusa

Im *Kopf der Medusa* fühle ich mich unsicher. Dabei ist die Medusa nicht immer eine Medusa gewesen. Sie ist es erst seit ein paar Jahren. Ich hatte sie lange Zeit als eine zwar etwas langsame, aber gutmütige Frau erlebt, in deren Kopf ich als Hummel gut herumschwirren und an saftigen Blüten saugen durfte. Weswegen die alte Frau sich in eine noch *junge Medusa* verwandelt hat, darüber kann ich nur spekulieren, aber es muss etwas Gravierendes vorgefallen sein, das sich über viele Jahre angebahnt hat. Eigentlich hänge ich trotzdem sehr an den saftigen Nervenwiesen und den wunderbaren Blüten der ehrwürdigen Nervenbäume der Medusa. Ich stamme zwar nicht ursprünglich aus ihrem Kopf, aber ich kenne mich in ihm wie in meiner Flügeltasche aus. Auch wenn ich hier ein scheinbar normales Leben führe, kann ich nicht sicher sein, ob die Medusa sich nicht doch irgendwann nach innen wendet und uns kleine Insekten und Vögel alle zu Stein werden lässt. Ich empfinde die Lage in *Medusas Kopf* als immer bedrohlicher und fange an, Fluchtpläne zu schmieden. Die Aussicht auf Befreiung wird für mich von Tag zu Tag verlockender.

Ohne einem meiner langjährigen Kumpanen etwas zuzusummen, nutze ich eine Gelegenheit, als die Medusa gerade schnarcht und anscheinend in einen tiefen Schlaf versunken ist, um durch allerlei enge Windungen und schmale Kanäle in ihre Mundhöhle zu gelangen. Obwohl der Mund geschlossen ist, kommt von irgendwoher ein kleiner Lichtstrahl, der mir die Orientierung erleichtert. Ich darf die *Zunge der Medusa* nicht berühren, denn sie würde von dem Kitzeln aufwachen, aber ich habe Glück und fliege zwischen Gaumen und Zunge in Richtung der Mundöffnung. Ich muss einen Moment abpassen, in dem die Medusa ihren Mund beim Schnarchen öffnet. Eine Weile schwebe ich vor ihren Zähnen und darf nicht zu viel Wind machen, um mich nicht zu verraten. Plötzlich geht der Mund auf. Ich bin so überwältigt von dem Anblick einer überbunten Wiese, der sich mir darbietet, dass sich der *Medusenmund* fast schon wieder schließt, bevor ich mich in Bewegung setzen kann, um dem Ungeheuer endgültig zu entfliehen. Eine letzte Gefahr droht von den Lippen. Wenn ich sie berühre, ist alles aus. Plötzlich spüre ich einen heftigen Schnarchwind an meinem ganzen Körper und werde weit zurück in die Mundhöhle geworfen. In letzter Sekunde und unter Aufbietung all meiner verbliebenen Kräfte, als ich alles schon verloren glaube, sause ich haarscharf an der unteren Lippe des sich schließenden Mundes vorbei und bin frei.

Ich kann mein Glück kaum fassen; erleichtert atme ich auf und tanze wie wild umher: Die Flucht ist ein großer Nervenkitzel gewesen. Übermütig geworden, fliege ich vor den Augen der noch immer *schlafenden Medusa* hin und her und denke, wie sehr ich mir wünschte, es gäbe sie nicht, doch zaubern kann auch ich nicht. Ich tanze ein letztes Mal vor ihrer Nase, aber dann entferne ich mich, bevor ein Unglück geschieht und die *schreckliche Medusa* ihre Augen öffnet.

## Uhrzeit

*Uhrzeit*, sagte die Zeit und fing an, die Uhren, die vor ihr auf dem Teller lagen, zu verspeisen. Zu ihrer *Uhrzeit* trank die Zeit gewöhnlich ein Glas italienischen Tempo-Wein aus der *Oraskana* und als Dessert aß sie eine kleine *estate cotta*, also einen gekochten Sommer. Die Uhren, die sie zu sich nahm, ersteigerte die Zeit bei den Auktionen des Eisenbahnfundbüros, das in regelmäßigen Abständen in den Zügen oder in den Bahnhöfen verlorene Uhren und andere Gegenstände an den Höchstbietenden veräußerte. Oft wurden die Uhren in einem ganzen Büschel abgegeben, als ob sie Möhren seien. Die Zeit bot jeglichen Preis für einen *Bund Uhren*, denn sie hatte Hunger. Gegenüber einem Uhrenladen waren die Uhren des Fundbüros allerdings immer noch erschwinglich. Die Zeit ging auch deshalb zu den Bahnhofsauktionen, weil dort oft noch mechanische Uhren angeboten wurden, die eigentlich niemand mehr haben wollte, die für die Zeit aber besonders schmackhaft sind. Wenn die Zeit mehrere *Büschel Uhren* in ihre Wohnung gebracht hatte, musste sie zunächst die *Uhrhaut* und das *Uhrwerk*, also die inneren Organe der Uhren, sorgfältig von ihrem eigenen Dreck befreien, bevor sie sie essen konnte. Wenn die Zeit gerade zu bequem war,

126

überließ sie das Putzen auch der Küchenuhr, einem ängstlichen Wesen, das ständig fürchtete, eines Tages selbst von dem Zahn der Zeit zermahlen zu werden. Die Befürchtung war unberechtigt, denn die Zeit hing sehr an ihrer Küchenuhr, die sie, als sie noch ein *Zeitkind* war, mit viel Liebe aufgezogen hatte. Die Küchenuhr war noch eine Uhr alten Schlages. Moderne Uhren hingegen haben das Aufziehen vollkommen verlernt.

Die gute alte Vergangenheit, seufzte die Zeit, während sie sich genüsslich eine mechanische Uhr in den Mund steckte, aber auch sie musste eben mit sich selbst gehen und durfte digitale Uhren nicht verschmähen, selbst wenn sie etwas fad schmeckten.

## Weinbrand

Ich brenne, rief der Wein verzweifelt. Ich eilte ihm zu Hilfe und spülte ihn hinunter. Da war der Wein gelöscht und atmete erleichtert auf. Eine Weile leckte er noch seine Brandwunden, doch jetzt brannte *mir* der Schlund von dem Feuergetränk und ich aß eine Scheibe Brot, um diese Kehlenflamme zu ersticken. Als der feurige *Weinbrand* sich allerdings etwas abgekühlt hatte und in meinem Magen angekommen war, fühlte er sich plötzlich wohlig warm an. So übel und verheerend ist ein *Weinbrand* gar nicht, dachte ich bei mir.

## Schüttelfrost

*Schüttelfrost* ist ein *Schneemann*, der zu allem den Kopf schüttelt und nein sagt. Wenn man ihm vorschlägt, ihn aus der prallen Wintersonne an einen schattigeren Platz zu versetzen, damit er nicht so schnell schmilzt, schaut er einen mit seinen Kohlenaugen an, als ob man verrückt geworden sei. Wenn man ihm seine abgefallene Möhrennase wieder ins Gesicht setzen will, schreit er lautlos auf, als ob man ihn einer langwierigen und schmerzhaften Schönheitsoperation unterziehen wolle. Wenn schließlich das Tauwetter einsetzt und er zu schmelzen anfängt und man ihn in einen Kühlschrank verlegen will, damit er wenigstens noch ein paar schöne Tage in der Kälte erleben kann, verschränkt er die Arme und schüttelt seinen Kopf so heftig, dass dieser abfällt. Einem *Schüttelfrost* ist eben nicht zu helfen.

# Krimskrams

*Krimskrams* ist ein ungezogenes Haustier, das überall in der Wohnung seine Fellhaare und sonstige Hinterlassenschaften hinterlässt. Seine Haare tauchen an den unmöglichsten Stellen auf und kleben hartnäckig an ihrem Platz fest. Man selbst findet diese Haarbüschel irgendwann sogar attraktiv und kann sich nicht von ihnen trennen. Sie schaffen zwar eine Menge Unordnung, können andererseits aber auch recht dekorativ sein. Am Ende hat sich die Erbschaft des *Krimskrams* in der ganzen Wohnung ausgebreitet und man wird sie nicht mehr los. Es sei denn, man gibt sich einen mächtigen Ruck und entsorgt all das haarige und auch sonst unangenehme Zeugs des *Krimskrams* in der Mülltonne. Aber dann denkt man, wie schön hat doch dieses Haarbüschel des *Krimskrams* zu der braunen Kommode gepasst, und schon freut man sich, wenn das *Krimskrams* an genau der gleichen Stelle ein neues Haarbüschel hinterlässt. Das Leben mit dem *Krimskrams* ist Wonne und Martyrium zugleich.

# Bildwerk

*Build Work*, wie es im Englischen heißt, ist ein Bauwerk, das aus Gründen der Platzersparnis auf einer viele Meter hohen Leinwand gemalt wird. Ist das Bauwerk fertig, müssen die neuen Bewohner erst zweidimensional werden, bevor sie einziehen können. Das Prozedere, um sich auf zwei Dimensionen zu reduzieren, ist relativ einfach und verläuft fast ausnahmslos ohne Komplikationen. Rückgängig zu machen ist dieser Prozess allerdings nicht.

Da der Wohnraum in Berlin seit Jahren immer knapper und teurer wird, erfreuen sich *zweidimensionale Wohnungen* zunehmender Beliebtheit, denn sie kosten nur ein Bruchteil einer normalen Wohnung. Oft wird ein Dutzend solcher gemalten Bauwerke nebeneinandergestellt, so dass sie so viel Platz einnehmen wie *ein* Bauwerk aus Glas und Beton.

Obwohl man denken könnte, dass in einer solchen *zweidimensionalen Wohnung* nur wenig Platz ist, sind die meisten neuen Bewohner doch erfreut, was sie alles in diesen waagerechten Quadratmetern unterbringen können, denn man unterschätzt immer, dass man selbst und auch die eigenen Möbel, Bücher und Küchenutensilien ebenfalls deutlich weniger Platz beanspruchen.

Die einschlägigen Kommentarspalten der Web-
seiten der Wohnungsgesellschaften sind denn
auch voller Lob für diese neuartige Art zu wohnen.

## *diamond*

An dem Begriff *diamond* lässt sich wunderbar der Mentalitätsunterschied zwischen verschiedenen Völkern darstellen. Im Spanischen ist der *dia mond* der *Tagesmond*, während das Wort im Englischen den *Todes- oder Sterbemond* bezeichnet. Die unterschiedliche Interpretation desselben Begriffes geht auf die Zeiten zurück, als der englische Pirat Sir Francis Drake den Schiffen der spanischen Krone, die das Gold und wertvolle Edelsteine aus Südamerika zurück nach Europa brachten, Angst und Schrecken einjagte. Die Überfälle fanden besonders nachts statt, so dass die spanischen Seefahrer den Anbruch des Tages herbeisehnten, bei dem oft noch das letzte Licht des Mondes zu sehen war, weswegen das Wort *diamond* die Bedeutung *Tagesmond* erhielt. Umgekehrt verhielt es sich bei den Engländern. Wenn sie nachts die Schiffe der Spanier kapern wollten, hofften sie, die Wolken über dem Atlantik würden das Mondlicht verdecken, denn je dunkler es während ihres Angriffs blieb, desto größer war das Überraschungsmoment bei ihren Überfällen. Wenn sich der Mond in manchen Fällen dann doch zeigte und den Angriff der Piraten vereitelte, stießen die Seeräuber einen Fluch aus, *die Mond*, also *stirb Mond*.

# Konspiration

*Konspiration* leitet sich aus dem lateinischen Präfix *con*, der mit bedeutet und dem lateinischen Wort *spiratio* für Atmung her. *Konspiration* ist also die *Mitatmung*. Der Begriff wird heute vor allem in Krankenhäusern verwendet. Man spricht von einer *Konspiration*, wenn ein Patient an eine Lungenmaschine angeschlossen ist, die für ihn *mitatmet*. Man weiß über die *Konspiration*, dass sie nur für einen relativ kurzen Zeitraum möglich ist, weil sich sonst leicht sogenannte *Spione*, d. h. Keime, in der Lunge bilden. Die *Konspiration* ist also immer eine heikle und komplizierte Angelegenheit, über deren Details die Ärzte sich lieber ausschweigen. Es ist ja zudem bekannt, dass die Ärzteschaft eine verschworene Gemeinschaft ist, die selten Einblick in ihr inneres Gefüge und ihre Behandlungsmethoden gibt.

# Hinterfragung

Ich lief gerade einen Weg im Stadtpark entlang, als mich hinter einer Hecke eine Stimme ansprach. Zunächst war ich überrascht und wollte weiterlaufen, aber die Stimme hatte einen Ton, der mich zugleich einschüchterte und einladend war. Ich hielt an. Die Stimme – ich konnte nicht sagen, ob sie einer Frau oder einem Mann gehörte, aber sie kam mir bekannt vor – stellte mir allerlei Fragen, die immer direkter und intimer wurden, doch dadurch, dass die Stimme mir diese Fragen stellte, wurden auch mir plötzlich Dinge klar, über die ich lange gerätselt hatte. Ich fühlte mich ein wenig wie ein Gesprächspartner von Sokrates, dem griechischen Philosophen, der seine Mitmenschen mit immer mehr Fragen löcherte, wodurch sie etwas besser verstanden, wer sie selbst waren.

Ich wollte nur gerne wissen, wem die Stimme gehörte, die mich von hinter der Hecke so intensiv befragte. Also ging ich auf die Hecke zu und schob die grünen Äste zur Seite, doch da war niemand. Doch auf einmal fiel mir ein, woher ich die Stimme kannte: Es war meine eigene. Zufrieden lachend setzte ich meinen Spaziergang fort.

## märchenhaft

Als die Brüder Grimm die deutschen Volksmärchen aus ihrem gelebten Kontext nahmen und zwischen zwei Buchdeckel sperrten, ist die *Märchenhaft* entstanden. Mit anderen Worten, seit dieser Zeit leben die Märchen in einem Zoogefängnis, wo sie von allen bestaunt, aber in ihrem ursprünglichen Wesen nicht mehr verstanden werden. Andererseits ist das natürliche Habitat der Märchen immer weiter verloren gegangen, weil es vom Fernsehen und heute von den sozialen Medien verdrängt wurde. Vielleicht ist deshalb der *Märchenzoo* heute der einzige Ort, an dem Märchen noch überleben können.

# Sprache

Es gibt die *Menschensprachen* und die *Tiersprachen*. Vielleicht existieren auch *Pflanzensprachen* oder *Baumsprachen*, aber was ist eine *Steinsprache*? Da Steine ein unvorstellbar hohes Alter erreichen können, ist es auf jeden Fall eine sehr langsame Sprache. Vielleicht wird nur alle paar hundert Jahre ein *Steinsatz* gesprochen. Eine *Steinsprache* entzieht sich also unserer schnellen Wahrnehmung. Man soll die Hoffnung nicht aufgeben: Vielleicht hört man an einem Steinstrand, wo viele tausende Steine liegen, doch mal ein kleines *Steinwort*, das man zwar nicht versteht, das aber einen schönen, tiefen Klang haben soll.

## bekloppt sein

*Bekloppt* oder *beklopft sein* bedeutet, wenn der Psychiater seinen Patienten mit einem kleinen Hämmerchen den Schädel abklopft, um zu prüfen, ob der Kopf noch ganz dicht ist oder nicht. Findet der Psychiater ein oder mehrere kleine Löcher in der Schädeldecke, stopft er sie mit Seelengips, den der Patient aber regelmäßig selbst neu auftragen muss. Versäumt er dies entweder teilweise oder ganz, muss der Psychiater wieder sein Hämmerchen hervorholen und den Kopf des Patienten erneut *beklopfen*, um zu sehen, ob die Löcher wieder aufgesprungen sind oder sich sogar neue gebildet haben.

# Kerzenhalter

Ein *Kerzenhalter* ist ein passionierter *Kerzenliebhaber* und hält sich oft Hunderte von Kerzen, die er jeden Abend anzündet und vor dem Insbettgehen wieder ausbläst. Ein *Kerzenhalter* trauert um jede Kerze, die endgültig erloschen ist und es braucht Tage, bis er sich an den Gedanken gewöhnen kann, eine neue Kerze zu kaufen. *Kerzenhalter* sind in sich gekehrte Menschen, die nur für ihre Kerzen leben und kaum den Kontakt zur Außenwelt suchen. *Wahre Kerzenhalter* kaufen nur Bienenwachskerzen, für die sie ein Vermögen ausgeben. Eine ihrer größten Freuden ist der mit Bienenwachskerzen geschmückte Weihnachtsbaum. Einen *Kerzenhalter* erkennt man auf den ersten Blick: Er steht kerzengerade, hat seine langen schwarzen Haare zu einem nach oben ragenden Docht geflochten und trägt vor seinem Bauch eine große, brennende Kirchenkerze in den Händen.

# Hochhaus

In einem *Hochhaus* findet die *Hochzeit* statt. (Alle *Hochwörter* mit kurzem *o* sprechen) Da *Hochzeiten* immer pompöser werden, werden immer höhere *Hochhäuser* gebaut, die danach aber meist leer stehen und verfallen. Zunächst waren solche *Hochhäuser* sehr bescheiden, teilweise wurden *Hochzeiten* auch in einer *Hochhütte* gefeiert, die immer nur für diesen einen Tag errichtet wurde. Später fanden *Hochzeiten* in *Hochvillen* statt, bis man anfing, *Hochhäuser* mit 50 Stockwerken oder mehr für diesen schönsten Tag im Leben eines Paares zu bauen. Teilweise gibt es heute ein Umdenken zu einem ökologischeren Bewusstsein: Man heiratet unter einem *Hochbaum*.

## sorgenvoll

Bitte einmal *sorgenvoll*, sagte ich zu dem Tank-
wart. Er nahm den *Sorgenschlauch* und füllte den
Tank mit seinen Sorgen. Ich zahlte an der *Sorgen-*
*kasse* und die Kassiererin gab mir als Rest ihre
*Sorgenmünzen* mit auf den Weg. Als ich schließlich noch einen Mann mit einer *Sorgenfahne* ge-
tröstet hatte, der vor der *Sorgentankstelle* hin und
her wankte, stieg ich wieder in mein *Sorgenauto*
und fuhr los. Sorgen sind mein Treibstoff: Ich bin
Psychiater.

# Holzhaus

Im *Holzhaus* wohnt das Holz. Im Winter wird mit Luftfeuer geheizt. Im Sommer legt sich das Holz in den Garten und bräunt sich. Bei Regen zieht es sich ins Haus zurück. Im Holzschuppen hinter dem Haus wohnt die Dienerschaft. Das Holz ist stolz auf seinen Holzreichtum und sein großes Haus und lädt immer viele andere reiche Hölzer zu einer Tanzparty im großen *Holzsalon* ein. Bis spät in die Nacht erklingt laute *Holzmusik*, zu der die Hölzer ihr Holzbein schwingen.

## rigor mortis

*Rigor mortis* ist eine Bezeichnung für ein lateinisches Ballspiel, das wörtlich *tödlicher Elfmeter* bedeutet und Ähnlichkeiten mit dem heutigen Fußball aufweist.

Aus einer Distanz von 11 Metern musste ein Schütze den Ball in ein Tor schießen, das von einem Torwart gehütet wurde. Schoss der Schütze daneben oder hielt der Torwart den Schuss, wurde der Schütze den Löwen zum Fraß vorgeworfen. Es gab viele Torschützen, die bereits bei ihrem ersten Torschuss kläglich scheiterten und sich danach in Verzweiflung die Haare ausrissen, mit den Füßen auf die staubige Erde aufstampften oder sich in die Hand bissen, weil sie den Schmerz über ihren bevorstehenden Tod nicht anders zu verkraften wussten. Das römische Publikum, das für seine heute kaum noch vorstellbare Grausamkeit bekannt war, liebte solche Szenen. Manche Torschützen, die wie Pelus, Maradonus oder Messus in die Geschichte eingegangen sind, hielten sich jedoch jahrelang, d. h. sie verfehlten keinen einzigen Torschuss, aber auch sie ereilte ihr Schicksal. Wenn einer dieser großen und bewunderten Helden versagte, hielt das ganze Stadion den Atem an und verfiel in eine Art *Totenstarre*, aus der es erst erwachte, wenn die Löwen in die

Arena hereingelassen wurden. Vielleicht in Erinnerung an diese lateinischen Wurzeln des Fußballs heißt der Elfmeter im Italienischen auch heute noch *rigore*, auch wenn der Zusatz *mortis* inzwischen weggefallen ist.

# Wolke

Die *Wolke* ist noch jung und muss den ersten Tag zur Schule. Sie rennt und rennt, weil sie spät dran ist. Keuchend kommt sie ins Klassenzimmer und muss den Platz in der ersten Reihe einnehmen, den sonst niemand haben will. Die *Wolke* ist außer Atem und ihre Brust hebt und senkt sich. Dabei wird sie so groß, dass die Schüler in den hinteren Reihen die Tafel nicht mehr sehen können und auch nicht ihre Lehrerin. Es erhebt sich ein großes Geschrei, und die *Wolke* macht sich ganz klein, weil sie sich eingeschüchtert fühlt. Weil sie klein geworden ist, werden die Regentropfen in ihr so dicht, dass das Wasser aus ihr herausläuft. Alle Schüler lachen wie wild, die *Wolke* macht sich in die Hose. Da steht die *Wolke* von ihrem Platz auf und verlässt das Klassenzimmer, denn sie hat beschlossen, Schule ist doof und sie will da nie wieder hingehen. Sie läuft die Straße entlang und weiß nicht, wohin sie soll. Eine *Wolke* wandert immer umher. Sie hat kein Zuhause. Die Menschen schauen sie an, als ob sie gar nicht da sei. Die *Wolke* wird immer trübsinniger. Sie hätte so gerne einen Vater oder eine Mutter, eine ganz große *Wolke*, die ihr jetzt sagt, was sie machen soll. Sie sieht einen großen Fabrikschornstein, aus dem dunkler Rauch heraussteigt. Die *Wolke* freut sich, endlich jemanden gefunden zu haben, der ihr beistehen wird. Sie steigt in die Luft zu der großen *Rauchwolke* hoch, die aber unfreundlich zu ihr und ganz dreckig ist, bis die *Wolke* enttäuscht das Weite sucht. Sie versteckt sich in einem Keller. Sie möchte nie wieder etwas mit anderen *Wolken* und Menschen zu tun haben. Es wird Abend, es kommt die Nacht und die *Wolke* fühlt sich einsam. Am Morgen kommt eine alte Frau in den Keller, um eine Kiste mit gebrauchten Büchern abzustellen. Sie sieht die *Wolke* und schimpft mit ihr, weil sie durch ihre Feuchtigkeit die alten Bücher nass machen wird, die die Frau noch auf einem Flohmarkt verkaufen will. Dann sieht die Frau, wie traurig die *Wolke* ist. Aber Traurigkeit hin oder her, ihre Bücher sind ihr wichtiger. Sie macht ein Fenster auf und jagt die *Wolke* hinaus. Die *Wolke* fliegt aufs Dach, wo sie wieder freier atmen, aber auch ihren Tränen freien Lauf lassen kann, wie schlecht sie von allen behandelt wird. Plötzlich hört sie eine Stimme, die sie anmault. Es ist die Fernsehantenne, die sich ärgert, wegen *Wolkes* salziger Regentränen korrodiere ihr Metallgestänge. Das verdrießt die *Wolke* endgültig und sie zieht sich schmollend in den Himmel zurück. Am späten Vormittag kommt die Sommersonne hervor und ihre Strahlen lösen den kleinen Rest der bitter gewordenen *Wolke* auf.

Das ist das traurige Ende dieser Geschichte über ein unschuldiges *Wolkenwesen*, das vielen im Weg stand und von niemandem geliebt wurde. Außer von mir.

# Schatten

Der Scheinwerfer fängt mitten in der Nacht einen *Schatten* an der Gefängnismauer ein, der aufgeregt hin und herspringt. Es wird Alarm gegeben, weil ein Ausbruchsversuch vermutet wird. Alle Gefangenen schrecken aus ihrem Schlaf hoch. Die Wärter schauen nach: Es ist kein *Schatten* und auch sonst niemand zu sehen. In der nächsten Nacht taucht der *Schattenspringer* wieder auf. Wieder wird Alarm ausgelöst. Wieder können die Gefangenen danach nicht einschlafen. Der *Schatten* hält die Wärter seit fast drei Wochen zum Narren. Es ist Hochsommer und die Nerven aller Beteiligten liegen blank. Fast alle glauben, der *Schatten* sei der Geist eines brutalen Mörders, der vor vielen Jahren etwa um diese Jahreszeit versucht hat, aus dem Gefängnis auszubrechen, und dabei erschossen wurde. Seine Rache besteht darin, dass er jetzt das gesamte Gefängnis an den Rand des Wahnsinns treibt.

Es melden sich mehrere Geisterheiler bei der Gefängnisleitung, die sich bereiterklären, gegen ein nicht allzu hohes Honorar das Gefängnis von diesem insistenten Geist zu befreien. Der Gefängnisdirektor willigt schließlich ein, ein besonders erfahrener Geistesaustreiber soll einen Versuch unternehmen, das Gefängnis von diesem Geist zu erlösen. Als der Geisteraustreiber sich in der Nacht zum 15. August, der die Jahresnacht des Ausbruchsversuchs des Mörders ist, ans Werk macht, ist das ganze Gefängnis hellwach. Die Gefangenen in ihren Zellen drängen sich an die Gitterstäbe, um bei dieser Geisterbefreiung dabei zu sein, aber auch die Wärter, die in dieser Nacht keinen Dienst haben, sind gekommen, weil sie sehen wollen, wie der Geistesaustreiber vorgehen wird. Eine Nacht lang sehen sich Gefangene und Wärter nicht als Kontrahenten, die einander nicht ausstehen können, sondern alle Menschen in dem Gefängnis sind in dem Bestreben vereint, diesen bösen Geist endlich loszuwerden, damit sie wieder ruhig schlafen oder ruhig ihren Nachtdienst versehen können.

Die Geistesaustreibung zeigt keinen Erfolg. Drei weitere Wochen sucht der *Schatten* das Gefängnis heim, bevor er mit dem Ende des Sommers so lautlos verschwindet, wie er gekommen ist. Obwohl der Geistheiler offensichtlich versagt hat, wird das dann doch eingetretene *Ende der Schattenerscheinung* auf sein Wirken zurückgeführt. Der Gefängnisdirektor, aber auch viele Gefangene und Wärter nehmen jetzt öfter seine Dienste in Anspruch, um dienstliche und persönliche Probleme zu lösen.

## Sparplan

Ein Supermarkt ist in großen wirtschaftlichen Schwierigkeiten und muss sparen. Der Chef will aber keine Mitarbeiter entlassen, also beschließt er, bei den Kunden zu sparen, denn auch wenn diese nicht mehr bei ihm einkaufen, können sie ihre Besorgungen immer noch bei einem Konkurrenten erledigen. Der Chef weist seine Mitarbeiter an, sie sollen bei den Stammkunden jede dritte Ware vom Einkaufsband herunternehmen und wieder ins Regal stellen. Bei der Laufkundschaft hingegen sollen die Mitarbeiter sagen, eine bestimmte Ware werde für andere Kunden gebraucht.

Der neue *Sparplan* zeitigt großen Erfolg: Es kommen kaum noch Kunden in den Supermarkt. Der Chef ist zufrieden mit seinen Mitarbeitern. Dadurch dass weniger zu tun ist, steigt auch *deren* Zufriedenheit. Da viele verderbliche Waren nicht mehr gekauft werden, gibt der Chef sie zu einem kleinen Preis an seine Angestellten weiter. Diese machen sich einen Spaß daraus, die wenigen verbliebenen Kunden durch unhöfliches Benehmen erst recht zu vergrätzen. Der Chef und die Mitarbeiter feiern tagelang Feste mit dem Wein, der in den Regalen steht. Der letzte Kunde ist vor einer Woche erschienen und wurde gleich wieder hinauskomplimentiert. Zum Schluss haben sich die Mitarbeiter alle Waren aus den Regalen genommen und der Supermarkt kann schließen.

## Ich schenke dir mein Herz

Ich verliebe mich in eine junge Frau und *schenke ihr mein Herz.* Sie bewahrt es in ihrem Kühlschrank auf und macht mit mir, was sie will. Eines Tages verliebt sich eine andere Frau in mich. Ich würde ihr auch gerne meine Gefühle zeigen, kann aber nicht. Die Frau zieht sich beleidigt zurück, bis sie erfährt, dass die andere Frau mir mein Herz *de facto* gestohlen hat. Sie sucht die andere Frau auf, die eine Bekannte von ihr ist, und sie setzen sich in deren Küche. Die andere Frau bietet ihr an, einen Kaffee zu machen, muss aber, da ihr die Kaffeefilter ausgegangen sind, kurz zum Supermarkt auf der anderen Straßenseite gehen. Die Frau, die mich liebt, nutzt diese unverhoffte Chance und geht an den Kühlschrank der anderen Frau. Sie öffnet ihn, kann *mein Herz* aber nicht unmittelbar finden. Sie weiß, sie muss sich beeilen, damit ihr Vorhaben nicht aufgedeckt wird. Schließlich entdeckt sie *mein Herz,* in einem Gefrierbeutel verwahrt, gut versteckt hinter roten Paprika, Zucchini und einer Tüte Möhren im hinteren Teil des Gemüsefachs. Sie steckt das Herz in eine Kühltasche, die sie aus ihrem Rucksack fischt und wieder darin verstaut. Einen Augenblick später kehrt die andere Frau mit den Kaffeefiltern zurück. Sie trinken einen Kaffee, bis die Frau, die

mich liebt, ihrer Bekannten unter einem faden-
scheinigen Vorwand erklärt, sie müsse leider
gleich wieder gehen.

## Post

Die Menschen pflanzen den Fischen Computer-chips ein, um ihnen Informationen von einem Ort der Erde zum anderen mitzugeben. Die Nachrichtenübermittlung dauert ihre Zeit. Man passt sich eben dem Rhythmus der Natur an. Die *Post* ist jedenfalls fast genauso zuverlässig wie E-Mails. Über Land wird die *Post* mit Schafen bewältigt. An bestimmten Punkten am Meer werden Nachrichten von Fischen auf Schafe übergeleitet. Wer ein Schaf blöken hört, weiß, die *Post* ist da.

# Oderbruch

Den Bruch des Wortes *oder* gibt es in drei Variationen: a) *Oh, der* wie in *Oh, der Rhein* oder *Oh, der Kerl*; b) *Ode R*. Das ist die berühmte *Ode an Renate* von Heinrich Heine, die mit den Versen anfängt: *Denk ich an Renate in der Nacht, bin ich um den Schlaf gebracht...*; c) *eau d'air*, ein Luftschnaps aus Südfrankreich, der in einer Papierflasche aufbewahrt wird. In einer Papierflasche hält sich der Luftschnaps viele Jahre, vorausgesetzt man hält sie immer gut mit einem Papierkorken verschlossen, denn sonst entweicht die Schnapsluft.

## Wassersäule

*Wassersäulen* dienten den Bewohnern der Unterwasserstadt Atlantis zur Ausschmückung ihrer Tempel. Es gab *ionische*, *dorische* und *korinthische Wassersäulen*. In der Antike tauchten Menschen von weither, um sich diese wunderschönen Säulen anzusehen. Man brauchte ein geübtes Auge, um die *Wassersäulen* zu erkennen, denn sie unterschieden sich nur unmerklich von dem sie umgebenden Wasser. Es muss auch gesagt werden, die gesamte Stadt Atlantis war nur aus Wasser gebaut, weil das damals der billigste und zudem in fast unbegrenzter Menge vorhandene Rohstoff war. Da die Augen des modernen Menschen durch Fernsehen und Videos träge geworden sind, hat seit vielen Jahren niemand mehr die imposanten *Wasserruinen* von Atlantis gesehen.

## hektisch

Meist *Hecktisch* geschrieben ist ein Tisch, der am
Heck eines Kreuzfahrtschiffes steht und sich bei
starkem Wellengang ständig hin und her bewegt.
Wer in solchen Fällen an einem *Hecktisch* speist,
muss immer darauf achten, dass der Suppenteller
ihm nicht ins Gesicht fliegt, dass das Schweineko-
telett nicht ins Meer fällt und dass wenigstens *ein*
Schluck des teuren Rotweins im Mund landet.
Wegen des hohen Spaßfaktors wird ein solches
*Heckessen* vor allem von jungen Menschen geschätzt.

## Herdplatte

*Herdplatte* oder *Herdenplatte* ist die Lieblingsmusik einer Schafherde. Wenn am Abend alte Lieder wie *I never promised you a sheepgarden, Sheepthriller, yellow sheepmarine, let's take a walk on the wolf side* oder *I can't get no sheepisfaction* gespielt werden, tanzen die Schafe bis tief in die Nacht und die Erde unter ihren Hufen wird ganz heiß von ihrem Gestampfe. Manchmal lässt sich sogar der Schäfer Kevin dazu überreden, ein Lied auf seiner Schafflöte zu spielen. Wenn auch noch die Wölfe zu den alten Klassikern mitheulen, kommen selbst den abgehärteten Altschafen die Freudentränen. Irgendwann wird es Kevin jedoch zu bunt. Dann schaltet er den Plattenspieler aus und alle Schafe müssen sich auf der Weide schlafen legen.

## Korkeiche

Charakteristisch für die *Korkeiche*, auch *Korkeneiche* genannt: Wenn im Frühjahr die Blüten dieser Eiche aufgehen, hört man einen kurzen, aber
heftigen Knall, weswegen schreckhafte ältere
Menschen sich in dieser Jahreszeit lieber von *Kor-
keneichen* fernhalten sollten. Im weiteren Verlauf
des Jahres sind *Korkeichen* hingegen vollkommen
ungefährlich und der leicht alkoholische *Korkensekt*, der aus den Früchten der *Korkeneiche* hergestellt wird, ist gerade bei Senioren sehr beliebt.
Wenn Rentner von dem vielen *Korkensekt* einen
gehörigen Schwips bekommen, nennen sie das
mit einem eher umgangssprachlichen Ausdruck
*sich den Kopf verkorksen.*

# Geschenkpapier

*Sich Papier zu schenken*, liegt neuerdings wieder im Trend. Nachdem Papierläden in Zeiten des Internets über starke Umsatzeinbußen geklagt hatten, ist es jetzt umso erfreulicher, wenn wieder Papier verschenkt wird. Die Kunden kaufen meist ein einzelnes hochwertiges Blatt, das der Verkäufer oder die Verkäuferin dann zusammenrollt und mit einer Schleife umschnürt. Die Gründe für diese neue Mode, die hoffentlich keine Eintagsfliege bleiben wird, liegen eigentlich auf der Hand: In Zeiten, wo wirklich alles digitalisiert ist und es keinen Briefkasten, keinen Drucker, keine gedruckten Bücher, erst recht keine gedruckten Zeitungen und nicht einmal mehr einen papiernen Kassenbon im Supermarkt gibt, sehnen sich die Menschen irgendwann nach der haptischen Erfahrung eines Papierblattes zurück. Es wird anekdotisch berichtet, die mit einem Blatt Papier Beschenkten seien beim Anblick des Papiers in Tränen ausgebrochen und hätten sich erst nach vielen Minuten beruhigt bzw. hätten sich für den Rest des Abends in ihr Zimmer zurückgezogen, das Papier stundenlang betrachtet und sanft gestreichelt, als ob sie ein Kind bekommen hätten.

## fortlaufende Geschichte

Es war einmal eine Geschichte, die lief Marathon. Sie trainierte und trainierte und konnte schließlich bis zu hundert Kilometer am Tag mit ihren *Wortfüßen* zurücklegen. Sie hatte einen Schuhschrank, in dem sie alle ihre *Wortschuhe* aufbewahrte. Jedes Paar war in Handarbeit hergestellt und hatte sie ein Vermögen gekostet. Sie überlegte sogar, ob sie sich zu einem Ultramarathon in den Vereinigten Staaten anmelden sollte.

Irgendwann hatte sie eine Geschichte mit einer anderen Geschichte, die unglücklich verlief und danach war die Geschichte nicht mehr dieselbe. Bis dahin hatte sie einen fröhlichen und verspielten Ton gehabt, vielleicht weil sie bei ihrem vielen Laufen so viele Glückshormone ausstieß. Jetzt jedoch nutzte ihr alles Laufen nichts. Sie wurde von Tag zu Tag melancholischer und war nur noch ein *Wortschatten* ihrer selbst. Schließlich ist sie abgehauen und wurde nie wieder gesehen. Ich weiß nicht, was sie heutzutage macht, ob sie sich wieder gefangen hat, ob sie irgendwo in einem weit entfernten Land die Menschen wieder fesselt mit ihren *Wortbeinen*, die früher mal als die schnellsten, aber auch schönsten *Wortbeine* der Welt galten, doch wie ich sie kenne, hat sie ihre *Wortschuhe* noch immer nicht an den Nagel gehängt.

## Arroganz

Es gibt die *Arrogans* und den *Arrogänserich*. Von ihrem Verhalten her unterscheiden sie sich kaum. Sie sind beide überheblich und sehr von sich überzeugt, seitdem sie vor vielen, vielen Jahren die Römer vor den Barbaren gerettet haben. Das ist zwar sehr lange her, aber *Arrogänse* bilden sich immer noch etwas ein auf diese eigentlich längst verblasste Heldentat. Ich persönlich kann *Arrogänse* nicht besonders leiden, aber ich kann nicht leugnen, andere Menschen mögen auch mich manchmal als etwas *arrogänsisch* empfinden. *Wer ohne Sünde ist, verzehre die erste Keule vom Gänsebraten.*

# Kauf dich reich!

Als die Corona-Pandemie ausbrach, die Menschen alle zuhause bleiben mussten und keine Einkäufe mehr tätigen konnten, blieben die Unternehmen auf riesigen Überkapazitäten sitzen. Sie mussten die Produktion drosseln, wollten aber zunächst ihre bereits produzierten Produkte loswerden, denn deren Lagerung kostete sie jeden Tag viel Geld. Die Unternehmen gingen dazu über, ihren Kunden starke Rabatte anzubieten, doch die Kunden bissen nicht an, weil ihnen bei der Pandemie einfach nicht danach war, etwas zu kaufen. Sie wollten ihr Geld lieber für später horten, denn die allgemeine Lage schien ihnen sehr unsicher. Die Unternehmen verzweifelten allmählich. Sie reduzierten ihre Preise weiter. Noch immer hatten sie keinen Erfolg damit. Als erstes Unternehmen bot eine große Elektrogerätefirma ihre Kühlschränke und Waschmaschinen kostenlos an, aber die Menschen waren von dem Corona-Virus so stark verunsichert, dass sie immer noch nicht zugriffen. Erst als die Unternehmen bereit waren, den Kunden den Preis zu zahlen, den die Kunden eigentlich selbst für ein Produkt hätten zahlen sollen, griffen die Verbraucher scharenweise zu. Für viele Unternehmen war es ein Kraftakt, diese Herausforderung zu meistern,

aber nach einigen Wochen hatten sie ihre Lager-
hallen geleert und konnten wieder die Produktion anfahren. Da die Kunden inzwischen alle
reich geworden waren, hatten sie genügend Geld,
um auch die neuen Waren zu kaufen, die jetzt aus
der Produktion kamen.

## Falter

Ich *falte* mein Leben lang Papier, damit es zu Büchern gebunden wird. Es ist ein schöner, ruhiger Beruf, aber manchmal brauche ich eine Pause, weil der Arbeitstag auch lang und ermüdend ist.

Ich nehme mir frei, flattere kafkaesk verwandelt in der Luft, bis ich eine Blüte gefunden habe. Ich *falte* meine Flügel zusammen und sauge den süßen, feuchten Nektar in meinen Rüssel.

Die Urlaubswochen vergehen. Bald sitze ich wieder in der Buchbinderei an meinem Tisch. Die viele freie Zeit in der Natur hat mir ein wenig den Kopf verdreht, doch es ist ein behagliches Empfinden: Ich halte meine Nase an das Blatt Papier, das vor mir liegt, und rieche den angenehm duftenden Zellstoff. Ich nehme das Blatt in die Hand, um es besser in Augenschein nehmen zu können, und beschließe spontan: Ich will daraus ein Selbstbild, einen *Falter*, *falten*.

Als der Buchbinder hereinkommt, erröte ich und verstecke den fast fertigen *Falter* in einer Schublade. Der Chef fragt, ob ich das *Falten* der Buchseiten ausgeführt hätte. Der Buchnäher warte auf die Buchbögen. Als ich am Schichtende mit meiner müden Hand die Schublade öffne und den *Falter* herausholen will, um ihn zuhause zu Ende zu *falten*, ist er verschwunden.

# Pumpernickel

*Nickel* ist ein amerikanischer Ausdruck, der fünf Cents bedeutet. Analog dazu heißen zehn Cents ein *dime* und ein Vierteldollar ein *quarter*. Für herausragende Persönlichkeiten der Geschichte der Vereinigten Staaten wird dessen Konterfei auf den Münzen der USA abgebildet.

Einer dieser Persönlichkeiten war Alexander Pumper, der von 1857 bis 1861 amerikanischer Präsident war. Er wird bis heute als ein Politiker verehrt, der mit seiner Zeitung *Pumper Times* zu einer allgemeinen Politisierung breiter Schichten der Vereinigten Staaten beigetragen hat. Seine Verteidigung der Notwendigkeit der Sklavenhaltung ist bis heute sprichwörtlich geblieben. Einen Pumper machen wird immer noch verwendet für eine Tat oder eine Haltung, mit der man sich auf peinliche Weise in die Nesseln gesetzt hat.

Pumper war in einer Kleinstadt in Georgia geboren und Sohn eines großen Plantagenbesitzers, der etwa 500 schwarze Sklaven sein Eigen nannte. Früh hatte der kleine Alexander gelernt, die Peitsche zu schwingen und sich von niemandem etwas sagen zu lassen. Sein Vater war sehr angetan von den Fähigkeiten seines Sohnes. In der Schule war er eher ein Versager, aber er lernte rasch, seine Lehrer so lange zu piesacken, bis sie ihm eine akzeptable Note gaben. So bestand er die Grundschule und auch die High School, obwohl er kaum zwei einfache Zahlen addieren konnte. Seine Schrift war ebenfalls kaum leserlich, aber er gab gerne damit an, dass seine Unterschrift unter einem Dokument oft die halbe Seite einnahm. Egal, wie man ihn beurteilen mochte, er konnte sich selbst sehr gut in Szene setzen. Pumpers laute Stimme, seine derben Worte, seine unzähligen Lügen ließen ihn als ganzen Kerl erscheinen, der es mit jedem aufnehmen konnte. Er versuchte zunächst, im Baugewerbe Fuß zu fassen, aber nach einer Reihe von Pleiten, die auch seinen Vater fast in den Ruin getrieben hätten, wandte er sich der Schauspielerei zu, aber auch hier hatte er nur mäßigen Erfolg. Er hatte inzwischen die Tochter eines einflussreichen Südstaatenpolitikers geheiratet und beschloss, sich nunmehr dem Journalismus zu widmen, indem er die *Pumper Times* gründete. Böse Zungen behaupteten, man müsse ein Mikroskop verwenden, um ein Körnchen Wahrheit in den Zeilen dieser Zeitung zu finden, und zweitens stamme jede Zeile aus der Feder seiner Frau, die ihren Mann vergötterte und außerdem gut und deftig schreiben konnte. Die Zeitung wurde jedenfalls ein unerwarteter Erfolg, weil sie offenbar eine diffuse Stimmung widerspiegelte.

Pumper wurde rasch populär und irgendwann kandidierte er für das Amt des Präsidenten der Vereinigten Staaten, obwohl ihm die Politik eigentlich herzlich egal war. Zur allgemeinen Überraschung gewann er die Wahl. Es folgten vier Jahre, die nur mit dem Begriff Chaos zu bezeichnen sind und über die die amerikanische Geschichtsschreibung einen pietätvollen Mantel des Schweigens gebreitet hat. Als Pumper nach vier Jahren mit großer Mehrheit abgewählt wurde und seine Niederlage nicht eingestehen wollte, kam es zu heftigen Auseinandersetzungen mit seinen Gegnern, die letztendlich in den amerikanischen Bürgerkrieg mündeten. Sein Nachfolger, der am 20. Januar 1861 doch noch sein Amt antreten konnte, hieß Abraham Lincoln.

Da Pumper von vielen Menschen immer noch verehrt und als großer Präsident angesehen wird, musste man nach seinem Tod tatsächlich eine Münze mit seinem Konterfei prägen lassen, aber die Abgeordneten des Repräsentantenhauses und die Senatoren ließen es sich nicht nehmen, für ihn nur einen Platz auf einem Nickel, also einer sehr kleinen Münze, vorzusehen, woraus bald die Redewendung entstand, du bist ein Pumpernickel, also ein Nichts, weil man sich von 5 Cents gerade mal ein halbes Schwarzbrot kaufen konnte.

# Arbeit

*Our bite* (zu Deutsch *unser Biss*) bedeutet, die Menschen sind den ganzen Tag lang mit Kauen beschäftigt. Ihre Tätigkeit besteht im Kauen. Ohne ihr Kauen läuft die Wirtschaft nicht. Wer als junger Mensch in den Kauberuf einsteigt, ist nach acht Stunden oft vollkommen erschöpft und kann seinen Kiefer kaum mehr bewegen. Viele Bissen sind auch ungenießbar und schmecken nicht, aber man muss sie trotzdem kauen. Als Kauer lernt man viel Geduld zu haben.

Es heißt *unser Biss*, weil die Mutter und der Vater auch für ihre Kinder kauen müssen, die noch nicht das Kaualter erreicht haben. Dennoch üben schon die Kleinen jeden Tag das Bewegen der Kiefer, auch wenn es bei ihnen oft noch Spiel und Spaß ist.

Es gibt Bissgeber und Bissnehmer, also Menschen, die den anderen den Bissen geben, an dem sie zu kauen haben. In den großen Kaufabriken gibt es *Vorkauer* und *Nachkauer*. Vorkauer sind verhasste Menschen, die einem etwas vorkauen, was man dann genau befolgen muss, obwohl man nicht die geringste Lust dazu hat. Es gibt aber auch *Bissaholics*, die auch nachts kauen und denen man dann eine Spange einsetzen muss, damit sie sich vor lauter Kauen nicht die Zähne bis zum

Zahnfleisch abnutzen. Trotzdem macht das viele Kauen die Zähne auch bei einem normalen Kauer auf die Dauer unweigerlich kaputt. Viele Menschen haben mit vierzig Jahren vollkommen abgenutzte Zähne und müssen irgendwann ein Gebiss tragen, mit dem sie aber nur noch die Hälfte der bisherigen Kauleistung erbringen können. Wer mit 65 in Rente geht, braucht in vielen Fällen einen Schlauch, um sich mit Flüssignahrung zu ernähren. Rentner bleiben daher meist in ihren eigenen vier Wänden, weil sie sich schämen, sich mit ihrem Mundschlauch in der Öffentlichkeit zu zeigen.

Sprechen können Kauarbeiter nur wenig. Ihnen stehen zwei kaufreie Minuten pro Stunde zu, in denen sie sich den Mund spülen oder die Zähne putzen können. Wer den ganzen Tag gekaut hat, ist am Abend so müde, dass er lieber schweigt, als die Mundkiefer noch für eine Unterhaltung zu bewegen.

Manche Kauer kauen sehr laut, so dass sie ihren Mitkauern damit gehörig auf den Geist gehen. Obwohl die anderen sie immer wieder bitten, leiser zu kauen, hören sie mit ihrem Lautkauen nicht auf. Solche Menschen gelten als unanständig und werden von den anderen oft gemieden und ausgegrenzt. *Schmatzer* ist eines der größten

Schimpfwörter, mit dem man einen anderen Kauer belegen kann. Als ein anständiger Kauer gilt, wer beim Kauen gar keine oder nur ganz wenige Geräusche macht. In den Kaufabriken hängen überall Schilder, auf denen steht: *Kau leise und langsam.* Auch *Schnellkauer* werden von den anderen Kauern verachtet, weil man ihnen unterstellt, sie würden besonders schnell kauen, um mehr Essen herunterschlucken zu können. Essen aber ist ein wertvoller Rohstoff und immer knapp. Ohne diesen Rohstoff würde in der Wirtschaft gar nichts funktionieren.

Auch das regelmäßige oder rhythmische Kauen will gelernt sein. Mit Mitte dreißig besitzt der Mensch oft seine beste Kautechnik. Da hat er bereits zwanzig Jahre in der Kaufabrik hinter sich. In den Kaufabriken gibt es auch Wettbewerbe, wer am leisesten, langsamsten und regelmäßigsten kaut. Wer den Kauwettbewerb gewinnt, bekommt einen kaufreien Tag. Es gibt auch nationale und internationale Kaumeisterschaften, die in den Kaufabriken auf großen Leinwänden übertragen werden und die Kauarbeiter zu einer besseren Kautechnik und besseren Kauleistungen animieren sollen. Große Kauathleten werden von allen anderen Kauern bewundert. Wer bei den olympischen Kauspielen einen *Goldzahn* errungen hat, hat für den Rest seines Lebens ausgesorgt und muss sich um sein Fortkommen keine Sorgen mehr machen. So ein Luxuskauleben haben aber nur die allerwenigsten. Die anderen müssen kauen, kauen, kauen, bis der Kiefer bricht. Kauunfälle kommen in den Kaufabriken ziemlich häufig vor, aber man redet nicht über dieses Thema. Es ist tabu. Wer eine Kaublockade hat, geht zu einem *Kautherapeuten*.

Natürlich gibt es auch *Kaudienstverweigerer*, aber sie haben meist ein kurzes Leben, da niemand ihnen etwas zu essen gibt. Nur wer kaut, bekommt seinen Kaulohn. Meistens besteht der Kaulohn aber darin, dass man noch mehr kauen darf. In den Kaufabriken steht am Eingang oft, *wer ein Kauheld ist, kaut bis zum letzten Atemzug.* Die Angehörigen eines Menschen, der mitten in einer Kaubewegung gestorben ist, erhalten besondere Vergünstigungen.

Andererseits gibt es Menschen, die den Kauprofit der Kauarbeiter einstreichen und sich dann ein fast kaufreies Leben leisten können. Diese *Kaupitalisten* werden einerseits von den Kauarbeitern zutiefst gehasst und von vielen insgeheim aber auch für ihr kaufreies Luxusleben bewundert und verehrt. Es heißt immer wieder, wer nur fleißig kaue, könne auch kaureich und ein Kaupitalist werden, aber die allermeisten sind vom Kauen am Ende des Tages so müde, dass sie, ohne sich die Zähne geputzt zu haben, ins Bett fallen und sofort einschlafen. Wer nachts auch noch einen *Kaulp-traum* hat, wacht am Morgen müder auf, als er zu Bett gegangen ist. Doch es hilft nichts: Wer den morgendlichen Kauappell in der Kaufabrik ver-passt, muss mit empfindlichen Strafen wie etwa einer Extrakauschicht rechnen.

## Einen Fahrschein lösen

Ich habe mich immer gefragt, woher dieser ungewöhnliche Ausdruck kommt. Ein Freund gab mir einen Hinweis, es habe etwas mit den 1950er Jahren zu tun. Ich blätterte in alten Zeitungsbänden im wunderbaren Zeitungslesesaal der vor wenigen Jahren neueröffneten Staatsbibliothek Unter den Linden und wurde schließlich fündig.

Offenbar hatte 1956 Kurt Frey, Verwaltungsjurist und seit einem Jahr Generalsekretär der neugegründeten Kultusministerkonferenz, einem freiwilligen Zusammenschluss der Kultusminister der Bundesländer, gegenüber dem damaligen Verkehrsminister Hans-Christoph Seebohm von der CDU, der bis heute der am längsten im Amt gewesene Bundesminister ist, einen verwegenen Vorschlag gemacht. Dieser ging auf die Idee eines Pädagogen aus der Weimarer Republik zurück, der Adolf Reichwein hieß und von den Nazis ermordet worden war. Der Grundgedanke war folgender: Bei jedem Kauf eines Fahrscheins der Deutschen Bundesbahn sollte der Käufer eine allgemeine Wissensfrage beantworten wie etwa, wann wurde die Bundesrepublik Deutschland gegründet, wie heißt die Verfassung der Bundesrepublik Deutschland, wie lautet der Name des deutschen Bundeskanzlers, wie der des Bundespräsidenten, welche sind die beiden größten Parteien der Bundesrepublik, wen nennt man das Weimarer Dichterpaar, wer erhielt 1929 für seinen Roman *Die Buddenbrooks* den Literaturnobelpreis usw. usf. Wer die Frage richtig beantwortete, erhielt auf seinen Fahrschein eine Ermäßigung von zehn Prozent.

(Frey hat in seinen Erinnerungen erzählt, er habe damals gehofft, durch diese Maßnahme in der Bevölkerung das Interesse an allgemeiner Bildung, an den öffentlichen Angelegenheiten zu fördern und mehr Menschen dazu zu bewegen, einen höheren Bildungsabschluss anzustreben. Ob sich diese Zielsetzungen verwirklicht haben – das Projekt hatte nur etwa eine Dauer von zwei Jahren – kann im Nachhinein nicht mehr eindeutig festgestellt werden. Eine deutlich spürbare Steigerung der Bildungsabschlüsse hat es jedenfalls erst mit der sozialliberalen Koalition in den 1970er Jahren gegeben.)

Das eigentlich noch nicht öffentlich zu machende Vorhaben, gegen das der Verkehrsminister Seebohm, bereits ein alter Hase in seinem Amt, starke Einwände erhoben hatte, weil er, statt den Bahnverkehr zu fördern, lieber Autobahnen bauen wollte, wurde durch eine Indiskretion eines untergeordneten Beamten im Verkehrsministerium, dessen Identität nie ermittelt werden konnte, an die Bild-Zeitung lanciert. Man ging jedoch davon aus, der Bundesminister selbst habe diese Indiskretion in Auftrag gegeben, um das Vorhaben in den Augen der Öffentlichkeit zu diskreditieren. Es geschah jedoch das Gegenteil. Mehrere seriöse Tageszeitungen griffen das Thema auf und sprachen sich *für* die Einführung eines solchen *Rätseltickets*, wie es bald genannt wurde, aus. Schließlich musste Bundeskanzler Adenauer dem öffentlichen Druck nachgeben und die Namen des Generalsekretärs der KMK und des Reformpädagogen aus der Weimarer Republik waren plötzlich in aller Munde. Die Aktion wurde ein voller Erfolg. Die Kosten für die zehnprozentige Ermäßigung wurden durch den erhöhten Fahrscheinverkauf mehr als wett gemacht. Viele Bundesbürger überlegten sich, ob sie den Kauf ihres ersten Autos vielleicht noch verschieben sollten, wenn die Bahn ein so attraktives Angebot machte. Vor den Schaltern bildeten sich lange Schlangen, auch weil manche Bahnkunden auf die erste Frage nicht die richtige Antwort wussten und ihnen dann eine zweite oder dritte Frage gestellt werden musste. Es war nämlich die politische Absicht der Bundesregierung und der KMK, dass jeder in den Genuss dieser Ermäßigung kommen sollte, egal ob er erst bei der zehnten Frage die richtige Antwort wusste. Es war auch in dieser Zeit, dass sich im Volksmund aus dem Ausdruck *ein Rätsel lösen* die Wendung bildete *einen Fahrschein lösen.*

Wegen des Erfolgs des *Rätseltickets* wuchs der Druck auf Verkehrsminister Seebohm, innerhalb seines Etats mehr Gelder für die Infrastruktur der Bahn zur Verfügung zu stellen. Nach außen hin erklärte Seebohm, er werde diese Vorschläge wohlwollend prüfen, aber seine Mitarbeiter ließen gegenüber der Presse durchblicken, in Wahrheit schäumte er, denn er sah durch solche Ideen verschiedene Autobahnprojekte gefährdet, die seiner Ansicht nach eine zwingende Voraussetzung für die Fortsetzung des deutschen Wirtschaftswunders waren. Hinter den Kulissen intrigierte er also gegen das *Rätselticket* und da seine Stimme im Bundeskabinett Gewicht hatte, hatte er damit auf Dauer Erfolg. Zunächst wurden die Fragen, um das *Rätselticket* zu bekommen, schwieriger und wer nach drei Fragen keine richtige Antwort gegeben hatte, bekam keine Ermäßigung. Den Todesstoß für das *Rätselticket* versetzte jedoch die Reduzierung der Ermäßigung von zehn auf fünf Prozent. Ende 1958 musste das *Rätselticket* eingestellt werden, weil die Menschen

nicht bereit waren, für Fragen, die selbst ein No-
belpreisträger nicht hätte beantworten können,
nur eine Ermäßigung von fünf Prozent zu bekommen. Der Autoverkehr hatte endgültig ge-
siegt und Seebohm hatte freie Fahrt.

An diese kuriose Episode in der Geschichte der
frühen Bundesrepublik vermag sich kaum jemand zu erinnern. Vielleicht war das Projekt von
Anfang an zum Scheitern verurteilt. Gegen die
Autolobby ist auch heute kaum ein Durchkom-
men, wie man an dem miserablen Zustand der
Bahninfrastruktur ablesen kann. Geblieben ist
von dem Rätselticket nur der Ausdruck *einen
Fahrschein lösen.*

Ich persönlich fände, es würde sich lohnen, zu
diesem Thema mal eine Doktorarbeit zu schreiben. Ich selbst bin zu alt, um ein so umfangreiches
Forschungsprojekt in Angriff zu nehmen, aber es
müsste doch einen jungen Historiker geben, den
dieses Thema begeistert. Ich habe in diesen Tagen
einen Post auf die Facebook-Seite der Freien Uni-
versität gestellt und der starke Zuspruch der Studenten ermutigt mich.

# Der Wasserhahn

Der *Wasserhahn* ist ein Hahn, der am Meeresboden lebt und nach kleinen Krebsen pickt. Obwohl er sich überwiegend in flachen Gewässern aufhält, ist diese Art, die vor allem vor der Küste Südamerikas vorkommt, erst vor kurzem entdeckt worden. Wie er sich so lange vor dem Menschen hat verstecken können, bleibt ein Rätsel, aber der *Wasserhahn* ist ein sehr scheues Tier.

Man weiß noch wenig über den *Wasserhahn* und trotzdem sagen viele Menschen, dass er ihnen bereits sehr vertraut ist, als ob sie ihn seit Kindheitstagen kennten. Es gibt, um ehrlich zu sein, bisher nur ein paar Schnappschüsse von Amateurfotografen von diesem Tier und manche Menschen vermuten, der *Wasserhahn* sei nur Fake News, um mehr Touristen nach Südamerika zu locken. Dennoch haben sich bereits Forscher aus aller Welt auf den Weg gemacht, um dieses seltene Tier ausfindig zu machen und eventuell einige Exemplare zu fangen. Verschiedene Zoos in der Welt haben schon Wasserbassins eingerichtet, wo die gefangenen Tiere wohnen könnten, aber Kritiker halten das für verfrüht, weil man über die Lebensgewohnheiten dieses Tieres noch sehr wenig wisse. Auf den wenigen Fotos, die es von dem *Wasserhahn* gibt, erkennt man ein Wesen, das halb Huhn und halb Reptil ist. Es muss sich also um eine sehr alte Spezies handeln. Es ist bisher unklar, ob das Tier Kiemen oder eine Lunge hat, da alle Aufnahmen sehr unscharf sind. Die Amateurfotografen wurden wohl jedes Mal sehr überrascht von der Präsenz dieses Tieres. Es wird sogar spekuliert, ob es sich bei dem Wasserhahn um einen Zeitgenossen des *Archaeopteryx*, des Urvogels, handeln könnte, was natürlich eine wissenschaftliche Sensation ersten Ranges wäre. Andere Wissenschaftler halten sich mit Aussagen zurück, da in ihren Augen die Existenz dieses Reptilienvogels noch keineswegs bewiesen sei. Obwohl bereits hunderte Wissenschaftler sich auf die Suche nach dem *Wasserhahn* begeben haben, konnte bislang noch keine sichere Spur von ihm gefunden werden. Die Weltöffentlichkeit, die besonders in den sozialen Medien nahezu hysterisch auf neue Nachrichten über den *Wasserhahn* wartet, ergeht sich in tausend Vermutungen und Falschmeldungen, als ob nicht ein Tier gesucht werde, sondern gerade ein Volk Außerirdischer auf der Erde eingetroffen und man von dieser Situation vollkommen in Panik versetzt sei. Besonnenere Menschen fangen an sich lustig zu machen über diese Hysterie, und als nach einiger Zeit keine auch nur amateurhafte Sichtungen mehr vorkommen, ziehen die ersten Länder ihre Truppen an Wissenschaftlern zurück und es kehrt allmählich wieder Ruhe in der Sache ein.

Es gibt im Laufe der Jahre besser gesicherte und genauere Sichtungen und Beobachtungen des *Wasserhahns*, aber sie rufen lange nicht mehr die Aufmerksamkeit der ersten Monate hervor. Die wenigen Wissenschaftler, die sich noch mit dem Thema beschäftigen, gewinnen immer tiefere Einsichten in das Wesen des *Wasserhahns*, aber niemand scheint sich mehr dafür zu interessieren. Auch die Versuche, einen *Wasserhahn* in einen Zoo zu bringen, scheitern allesamt, da das Tier außerhalb seiner natürlichen Umgebung sofort eingeht. Wenn man die Menschen fragt, ob sie den *Wasserhahn* für echt oder nicht echt halten, antwortet eine überwältigende Mehrheit, das Ganze sei nur eine Inszenierung geheimnisvoller Mächte aus dem Vatikan gewesen. Die Wissenschaftler sagen, vielleicht ist das sogar gut so, wenn der *Wasserhahn* nur als Erfindung gilt, weil er auf diese Weise in Ruhe gelassen wird, denn man weiß inzwischen, er ist ein Wesen, das äußerst empfindsam auf Veränderungen seiner Umwelt reagiert. Für die Wissenschaftler sind noch viele Fragen offen, aber aus Respekt vor dem *Wasserhahn* und um sein Weiterleben nicht zu gefährden, ziehen sich auch alle restlichen Forscher von diesem Projekt zurück und bald ist der *Wasserhahn* wieder so unbekannt, wie er es über tausende Jahre gewesen ist.

Auch ich war auf diesen Expeditionen dabei und habe viele Unterwasserfotos von *Wasserhähnen* gemacht, doch ich habe sie auf Wunsch des japanischen Expeditionsleiters fast alle von meiner Festplatte gelöscht. Ich besitze nur noch eins, auf dem ein *Wasserhahn* gerade einen kleinen Krebs aufspießt. Es ist für mich ein heiliges Bild, das ich niemandem zeige und auch niemals hergeben werde. Vielleicht werde ich es irgendwann auch vernichten, damit es nicht in falsche Hände fällt. Dann bleibt der *Wasserhahn* nur noch in meinem Kopf.

# Baumschule

Die *Baumschule* ist eine pädagogische Anstalt im Freien, wo junge Bäume lernen, wie sie in die Höhe wachsen, wie sie einen Ast und Zweige ausbilden, wie sie sich gegen Schädlinge und andere Feinde wehren, wie sie Unwetter ertragen können, aber vor allem lernen sie dort, wie baum sich vor dem Menschen und seiner Motorsäge schützt. Oft jedoch müssen die *Baumlehrer* zugeben, dass sie gegen den Menschen weitgehend machtlos sind. Nur einer der *Baumlehrer* scheint anders zu sein und die jungen Bäume wollen ihn auf die Probe stellen. Sie meinen zu ihm, in Südtirol werden unsere *Apfelbaumbrüder* wie Söldner behandelt und müssen ihr ganzes Leben lang Spalier stehen. Der Lehrer schweigt. Die Schüler lassen nicht locker. Viele, viele unserer Urvölker werden auf der ganzen Welt abgeholzt und verbrannt, zerschnitten und Schlimmeres, insistieren die *Grünzweige*. Überall entstehen Ackerflächen und Siedlungen und Städte. Unser Lebensraum wird immer kleiner und bald wird es uns gar nicht mehr geben. Was können wir dagegen tun? Es muss eine Lösung geben. Unsere Großeltern und Urgroßeltern müssten sich opfern und auf die Menschen drauffallen. Das würde diesen schon beibringen, das Volk der Bäume zu respektieren. Der

*Baumlehrer* macht einen tiefen Atemzug und sagt, so einfach ist das nicht. Die Menschen überprüfen jeden Baum, ob er eventuell fallwütig ist und bevor der Baum nur einmal ächzen kann, hat ihn der Mensch bereits abgesägt. Aber wir müssen doch etwas machen, schreien die jungen Bäume, wir können uns doch nicht einfach abschlachten lassen. Aber was sollen wir machen, schreit der Lehrer zurück. Der Mensch holzt uns seit Jahrtausenden ab, um Schiffe, Häuser oder Möbel zu bauen und um es im Winter für sich selbst warm zu haben, während wir in der Kälte fast umkommen. Wir werden immer weniger auf der Welt. Einst gehörte uns fast der ganze Erdball, heute kämpfen wir immer verzweifelter um unser nacktes Überleben. Der Mensch ist skrupel- und erbarmungslos. Wie viele unserer toten Schwester und Brüder liegen zerschnitten, enthäutet und schutzlos in den Behausungen der Menschen. Wir Überlebenden sind machtlos, können uns nicht gegen das Schicksal auflehnen, das auch uns hier Anwesenden in den allermeisten Fällen droht. Und weil der Mensch die Erde immer mehr erhitzt, werden viele von uns frühzeitig in verheerenden *Volksbränden* zugrunde gehen. Aber gibt es denn gar nichts, was uns retten könnte, schreien die jungen Bäume aus vollen

Ästen. Der Lehrer richtet kurz seine Krone auf und sagt, wir werden noch lange leiden müssen und das Schlimmste steht uns noch bevor, aber diese *Baumschule* ist dazu da, euch Mut zu machen und nicht um euch zur Verzweiflung zu treiben. Ich sage euch, den Menschen wird es nicht ewig geben, seine Terrorherrschaft ist endlich. Eines Tages wird er nicht mehr da sein und dann werden wir wieder wachsen können, wie es uns beliebt, und unsere Zahl wird wieder größer werden und wir werden uns die Erde zurückerobern, damit auf diesem Planeten wieder Frieden einkehrt. Und wenn wir dann altersschwach sind, werden wir einfach umfallen und unsere letzte Ruhestätte auch an dem Ort finden, wo wir unser ganzes Leben verbracht haben. *Bravo*, rufen die jungen Bäume, das wollten wir hören. Du hast uns wieder Mut und Hoffnung gegeben und wir schauen wieder mit Zuversicht in die Zukunft. Täuscht euch nicht, erwidert der Lehrer, die meisten von euch werden nicht sehr alt werden. Erst in vielen Generationen wird es euren Nachfahren besser gehen, aber wir Bäume haben ja ein starkes Bewusstsein für die Zeit, für die Zeit, aus der wir kommen und in die wir gehen. Wir sind anders als die Menschen, wir haben Zeit, wir haben Geduld, wir haben Ausdauer. Unser Volk ist vor eine harte Probe gestellt, aber wir werden sie bestehen. Vielleicht müsst ihr euch immer wieder sagen, wir sind größer als der Mensch, wir blicken auf ihn herab, er kann uns nicht besiegen oder nur zu dem Preis, dass er sich selbst vernichtet. Wir werden siegen. Daran gibt es keine Zweifel. Und die jungen Bäume sind so stolz auf das, was ihnen der Lehrer gesagt hat, dass sie alle ihre Kronen strecken und dem Lehrer mit ihren Blättern rauschenden Beifall spenden.

## Baumwolle

*Schafbäume* blühen im Frühjahr. Die Knospen verwandeln sich in Früchte, die dann aufplatzen, so dass die *Schafbäume* im späten Herbst eine weiße Wollkrone bekommen, die die Bauern traditionell mit einer großen Schere, aber seit einigen Jahren mit einem maschinellen Wollschurgerät abschneiden und zum Trocknen auf die weiten Wiesen in die noch wärmende Sonne legen. Die Bauern müssen genau den Zeitpunkt abpassen, in dem nach den ersten Herbststürmen und vor den nasskalten Wintertagen meist noch ein, zwei Wochen schönes Wetter herrscht, an denen man diese *Baumwolle* gut im Freien trocknen kann. Viele *Baumwollbauern* sagen, sie spüren es an den Ohrläppchen, wenn das Wetter zum letzten Mal im Jahr für eine längere Zeit viel Sonnenschein verspricht. Wenn die *Baumwolle* getrocknet ist, kommt sie in große Säcke, die mit Lastwagen zu den Betrieben gebracht werden, wo die Wolle gereinigt, gekämmt, gefärbt und schließlich in einem weiteren Betrieb zu großen Stoffbahnen weiterverarbeitet wird, bevor in noch einer anderen Fabrik die Näherinnen und Näher den *Baumwollstoff* in Hemden, Hosen und Pullover verwandeln.

Zurück zu den *Schafbäumen*: Sie stehen meist eng beieinander und sind schutzbedürftige und kälteempfindliche Wesen, denn wenn man ihnen die Wolle abgeschnitten hat, sind sie den kalten Temperaturen des Winters hilflos ausgesetzt. Deshalb decken die Bauern sie nach der Schur mit dicken *Baumwolldecken* zu, die in den Bauerfamilien von Generation zu Generation weitergereicht werden und mit dem Stempel der jeweiligen Familie versehen sind. In früheren Zeiten kam es oft zu Diebstählen der *Schafbaumdecken*, weil sie wertvoll und begehrt waren. Wer bei einem solchen Diebstahl erwischt wurde, wurde allerdings für alle Zeiten aus dem Bund der *Schafbaumbauern* ausgeschlossen. Eine solche Strafe kam in jener Zeit fast einem Todesurteil gleich. Durch den langen Winter auf den Bäumen bekamen die Decken Risse und Löcher, die von den Bauern kunstvoll geflickt wurden. Diese Tradition hat sich bis in unsere Tage erhalten. Einige wenige Bauern verwenden heutzutage Plastikdecken, aber ein solcher Bruch mit der Tradition gilt immer noch als schändlich. *Schafbäume* gibt es eigentlich in der ganzen Welt, außer in zu warmen Gegenden. Der größte Exporteur von *Baumwolle* ist Kanada, gefolgt von den skandinavischen Ländern und Argentinien.

Der *Schafbaum* ist eine uralte Kulturpflanze, die schon bei den Germanen verbreitet war. Die Römer importierten seit sehr langer Zeit *Baumwolle* aus Germanien, um daraus ihre Tuniken herzustellen, bis sie auf die Idee kamen, sich der *Schafbaumwälder* selbst zu bemächtigen, um diesen so wichtigen Rohstoff nicht in fremden und oft feindlich gesinnten Händen zu wissen. Ihr Kalkül ging nur teilweise auf, denn natürlich fehlte den Römern die jahrhundertealte Erfahrung in der Pflege der *Schafbäume*.

Da *Baumwolle* auch in unserer heutigen Welt ein enorm wichtiger Rohstoff ist, sind die *Schafbaumbauern* meist reiche Leute, die sich im Sommer, wenn die *Schafbäume* keiner Pflege bedürfen, lange Urlaube an südlichen Stränden leisten. *Schafbaumbauern* gelten als manchmal ruppige, aber auch gesellige Menschen, die jedenfalls eine starke emotionale Bindung zu ihren *Schafbäumen* besitzen. Wenn ein *Schafbaum* stirbt - und er kann bis zu 500 Jahre alt werden -, weint der *Schafbaumbauer* oft tagelang. Bis er sich dazu entschließen kann, den abgestorbenen Baum zu fällen und einen neuen zu pflanzen, vergehen oft Jahre.

Marktorientierte Kritiker sind der Meinung, die *Schafbaumwirtschaft* müsse mehr kapitalistisch orientiert und von alten Zöpfen befreit werden, aber die *Schafbaumbauern* haben im Parlament eine starke Lobby und wehren sich gegen Veränderungen. Dennoch wird die Zukunft eine Herausforderung für sie werden. Besonders chinesische *Schafbaumbauern* drängen auf den Markt und können ihre Baumwolle zu einem deutlich niedrigeren Preis verkaufen, weil sie geringere Lohnkosten haben. Der Weltverband der *Schafbaumbauern*, aus dem die chinesischen *Schafbaumbauern* vor Jahren ausgetreten sind, hat seine Mitglieder zu einer Dringlichkeitssitzung einberufen. Die Welt wartet gespannt, wie sich die Lage entwickeln wird.

# Rechenschieber

Der *Rechenschieber* ist ein ausgebuffter Gauner, der sehr gut mit Zahlen umzugehen weiß und seine Opfer schon um viele tausende Euro gebracht hat. Wie geht er vor? Das bleibt sein Geheimnis, aber auf jeden Fall verschwinden Tag für Tag hohe Geldsummen von den Konten braver unschuldiger Bürger. Die Menschen sind verzweifelt und die Polizei ist ratlos. Wie durch magische Hand verschiebt der Verbrecher das Geld von dem Konto seines Opfers auf ein unerreichbares ausländisches Konto. Er muss ein mathematisches Genie sein, wie er selbst die ausgefuchstesten Passwörter knackt und mit welcher Eleganz die TANs auf seinem Handy landen, die eigentlich ganz woanders hingehören. Der *Rechenschieber* ist noch nie gesehen worden, er hinterlässt keine Spuren, aber er muss inzwischen unfassbar reich sein. Vermutlich verprasst er seine Beute in den großen Casinos der Welt oder fährt mit einer Luxusyacht von Japan nach Los Angeles und dann weiter durch den Panamakanal und die Straße von Gibraltar bis nach Venedig. Unterwegs hat er immer seinen Rechner dabei und plündert weitere Konten aus. Er hat keine Skrupel, ganze Familien und ganze Unternehmen zu ruinieren. Er will nur immer mehr Geld besitzen, denn etwas anderes zählt nicht für ihn. Ob er Freude am Leben hat, ob er lieben kann, ob er jemandem vertraut, man weiß es nicht. Man weiß nichts über ihn, außer dass er bei seinen Taten sehr raffiniert vorgeht und an der Schule einen guten Mathematiklehrer gehabt haben muss. Hat der *Rechenschieber* eine schwere Kindheit gehabt und ist deshalb ein Verbrecher geworden, um sich an der Gesellschaft zu rächen oder ist er ein ganz normaler, unauffälliger Mensch, dem man sogar seinen eigenen Sohn anvertrauen würde? Es ist alles Spekulation.

Diese Tage hat es im Nachbarhaus einen entsetzten Aufschrei gegeben und plötzlich hören die *Rechenschiebereien* auf. Von einem Moment auf den anderen. In der Presse lese ich – und ich kann mir über diese Meldung nicht genug die Augen reiben –, dass ein Nachbar von uns, den ich einige Male vollkommen unauffällig im Bio-Supermarkt um die Ecke erlebt habe, als der *Rechenschieber* enttarnt worden ist. Die Polizei ist ihm durch einen Anfängerfehler seinerseits auf die Schliche gekommen und hat einen Spionagevirus auf seinem Rechner installiert, der all seine Daten der vergangenen Jahre kopiert und auf einen Rechner der Polizei transferiert hat. Daher der Aufschrei, den ich gehört habe, als der Nachbar entdeckte, dass alles vorbei war. Es heißt, auf den Bankkonten des Mannes habe man einen Großteil der Beute sichergestellt. Das Geld werden die Opfer nach und nach zurückerhalten.

# burro

Der *Butteresel* war ein junger Esel, der gerne einmal etwas anderes als Stroh, Gras und Heu naschen wollte und sich in einem Anfall leichter Verrücktheit darauf versteift hatte, Kräuterbutter probieren zu wollen, weil ihn zum einen der Duft der Butter reizte; ihn zum anderen aber die frischen Gartenkräuter in der Butter neugierig gemacht hatten. Er verspürte also ein starkes Verlangen nach Kräuterbutter, wie sie die Großmutter jeden Samstagnachmittag für die Familie herstellte, denn zum Sonntagsessen würde es Weinbergschnecken geben, die bekanntlich vor allem mit Kräuterbutter schmecken.

Der junge Esel begab sich zwar gerade auf ein gefährliches Terrain, aber er war auch gewitzt und wollte seinen unvernünftigen Plan unbedingt in die Tat umsetzen. So spitzte er seine Ohren, die bei ihm wie akustische Radarantennen Richtung Himmel stachen, und dachte nach. Er wusste, wenn er die Weinbergschnecken irgendwie beseitigen konnte, machte es für die Familie auch keinen Sinn mehr, die Kräuterbutter zu essen, die dann für ihn übrigblieb. Doch wie konnte er die Weinbergschnecken aus dem Weg schaffen, wenn sie für ihn unerreichbar im Tiefkühlfach des Kühlschranks lagen? Er hatte Glück. Die Großmutter stand sonntags immer sehr früh auf und holte als erstes die Weinbergschnecken aus dem Tiefkühlfach und stellte sie in eine Plastikschüssel auf dem Küchentisch, damit sie schon ein wenig auftauten. Der Küchentisch stand jedoch in der Küche und die Küchentür war zugeschlossen, so dass selbst ein Jungesel mit gespitzten Ohren keinen Zugang zu ihr hatte.

Die Großmutter, die sich nach dieser Morgentat meistens wieder hinlegte, denn sie war eine alte Frau, die viel Schlaf brauchte und zum Glück rasch einschlief, wenn sie sich wieder ins Bett legte, diese Großmutter hatte einen Enkelsohn, der war zehn Jahre alt und trieb von morgens früh bis abends spät seine Späße mit der Familie und den Haustieren. Der Esel konnte den Jungen nicht ausstehen, denn dieser hatte ihm schon öfters am Schwanz gezogen und einmal sogar, als der Esel gerade schlief, ihm den Schwanz angezündet. Der Esel war vom Gestank nach verbrannten Haaren erwacht, hatte in Panik mit seinen Hinterhufen in die Luft gestoßen und war hin und her durch den Innenhof gerannt, bis ein Stalljunge, sich seiner erbarmend, einen Eimer Wasser über seinen Schwanz gegossen hatte. Seitdem sann der Esel auf Rache gegenüber dem frechen Jungen. Er wusste, der Bursche war wild auf Weinbergschnecken und hätte sie am liebsten roh verputzt. Also stellte sich der Esel an ein hochgelegenes Küchenfenster, von dem er wusste, dass es oft nur angelehnt war. So auch an diesem Sonntagmorgen. Er stieß das Fenster mit seiner Schnauze auf und fing zugleich zu schreien an. Der Junge, der trotz seines jungen Alters nur einen leichten Schlaf hatte, wachte von dem Geschrei auf. Fluchend kam er in den Hof hinunter, dass der Esel es gewagt habe, ihn aus dem Schlaf zu reißen. Er wollte ihm mit einem eilig von einem jungen Baum abgerissenen Ast gerade auf die Pobacke schlagen, als er sah, dass das Küchenfenster geöffnet war: Zugleich erblickte er die Schüssel mit den Weinbergschnecken auf dem Küchentisch. Der Junge witterte seine Chance, ließ sogleich den abgerissenen Ast fallen und kletterte durch das Fenster. Er trug die Schüssel mit den noch halb gefrorenen Schnecken zum Fenster zurück, um sie an einem geheimen Ort über einem Feuer zu rösten. Als der Junge, dem die Schneckenschüssel vor Aufregung ein wenig in den Händen zitterte, bereits fast durch das Fenster nach draußen gestiegen war und sich mit seinen Füßen auf das Beet unterhalb des Küchenfensters fallen lassen wollte, fing der Esel, dessen Ohren dabei schelmisch hin und her wedelten, erneut an zu schreien. Das hatte der Junge nicht erwartet. Vor Schrecken ließ er die Schneckenschüssel fallen und rannte davon, denn er wusste, die Großmutter würde ihm seine Untat sehr übelnehmen.

Die aus der Schüssel gefallenen Weinbergschnecken aber lagen halb auf dem Beet und halb auf dem Pflaster des Innenhofes. Die Morgensonne wärmte ihre Leiber und putzmunter geworden zerstreuten sie sich in alle Winde.

Die Großmutter, die gerade wieder aufgewacht war, musste in dem Moment an ihre große Liebe denken, die sie nicht hatte heiraten können, weil ihre Familie einen alten Dickwanst für sie vorgesehen hatte, der, nachdem er mit der Großmutter zwei Kinder gezeugt hatte, eines Nachts mit einem tiefen Schrei aus dem Schlaf hochgeschossen und gleich darauf tot auf seine Kissen zurückgefallen war. Der Mann, den Großmutter eigentlich liebte, war inzwischen glücklich mit einer anderen Frau liiert. Großmutter träumte dennoch fortan in tausend Varianten von einem süßen, aber verbotenen Stelldichein mit diesem Mann. Sie war auch an diesem Sonntagmorgen aus einem wunderbaren Traum erwacht, als sie die Schreie der Küchenmagd vernahm, die die umgeschüttete Schneckenschüssel entdeckt hatte und fürchtete, die strenge Großmutter würde ihr die

Schuld für diesen Diebstahl in die Schuhe schieben, doch der Großmutter war an diesem Sonntagmorgen nicht nach Schererein und sie blieb im Bett liegen, um weiter zu träumen. Schließlich konnte sie die Schreie der Magd nicht länger ignorieren, kleidete sich wieder an und ging nach unten. Die Magd zitterte vor der erwarteten Strafpredigt der Großmutter, aber diese erkannte rasch, der zehnjährige Enkel musste für die Tat verantwortlich sein, da die dicke Magd niemals durch das schmale Küchenfenster gepasst hätte. Sie nahm die Magd in ihre Arme und tröstete sie, es sei nicht ihre Schuld. Die Magd aber schnaubte sich laut und frech die Nase, während die Großmutter sie noch in ihren Armen hielt. Die alte Frau löste sich von ihr und beauftragte sie in wieder strengem Ton, die Schnecken einzusammeln. Diese aber hatten sich, wie schon erwähnt, in alle Winde verkrochen und die Magd konnte der Großmutter nur einige wenige Weinbergschnecken präsentieren, die sie zwischen den Rosenblättern des Beetes unterhalb des Küchenfensters gefunden hatte.

Großmutter kochte die verbliebenen Schnecken eine Viertelstunde lang in einem kleinen Topf, briet sie anschließend in einer kleinen Pfanne, schnitt einige hauchdünne Scheiben von der

Kräuterbutter ab, die sie aus dem Kühlschrank geholt hatte, so dass wenigstens sie, die Großmutter, in den Genuss dieses Sonntagsgerichts kam, das auch ihre große Liebe sehr gemocht hatte, woran sie sich in solchen Momenten gerne erinnerte. Den Rest der Kräuterbutter warf die Großmutter in die Mülltonne, denn außer für Weinbergschnecken schmeckte die Kräuterbutter niemandem in der Familie. Da die aus dem eigenen Garten stammenden Kräuter in der Butter außerdem rasch bitter schmeckten, wenn sie länger im Kühlschrank lagen, machte es keinen Sinn, die Butter bis zum nächsten Sonntag zu verwahren.

Der Esel aber hatte all diese Geschehnisse aus einer gewissen Entfernung beobachtet, immer wieder seine Ohren gespitzt, um auch nichts zu verpassen und ging nun gemächlicher Schritte zu der Mülltonne, stieß den Deckel beiseite und schnappte sich die obenauf liegende Butter, die er an einem zurückgezogenen Ort genüsslich verspeiste, während er aus dem Haus das Schluchzen des Jungen vernahm, der von seinem Frühstückshunger angetrieben zurückgekehrt war und von Großmutter gerade eine deftige Strafpredigt erhielt. Der Esel, zufrieden mit den Ohren schlackernd, brüllte ein beglücktes *Ih-Ah*.

# Kohlenhändler

*Kohlenhändler* sind professionelle Börsenanleger, die mit sogenannten schwarzen Aktien handeln. Schwarze Aktien sind sehr geheimnisvoll und niemand hat je eine Jahresbilanz einer solchen Aktiengesellschaft gesehen. Trotzdem stehen schwarze Aktien hoch im Kurs und ihre Undurchsichtigkeit scheint für sie eher einen Vorteil zu bedeuten, als dass sie ihnen schaden würde. Es gibt vielerlei Spekulationen, was die schwarzen Aktiengesellschaften sind und wer bei ihnen die Mehrheit des Aktienvermögens innehat. Die einen behaupten, in Wahrheit handele es sich um ganz normale Unternehmen, die auf diese Weise noch mehr Geld an der Börse einsammeln wollten. Andere sind der Meinung, schwarze Aktiengesellschaften seien Rüstungsunternehmen aus Nordkorea oder Russland und man solle lieber die Finger von ihnen lassen. Noch andere sind der Auffassung, schwarze Aktien gehörten verschiedenen Piratenunternehmen, die mit ihren Internetschiffen immer wieder einzelne Bankkonten oder ganze Unternehmen entern und plündern würden. Ebenso wird die Ansicht vertreten, in Wirklichkeit seien schwarze Aktien die normal an der Börse gehandelten Aktien und seien für viele Anleger nur insofern eine schwarze oder undurchsichtige Angelegenheit, weil viele Menschen keinen Schimmer hätten, in welches Unternehmen sie teilweise abenteuerliche Summen investierten. Zu guter Letzt sei hier noch die Vermutung wiedergegeben, eine schwarze Aktie sei eine Fakeaktie und existiere gar nicht. Trotz oder vielleicht gerade aufgrund all dieser Gerüchte, von denen sich kein einziges letztendlich beweisen lässt, geht eine große Faszination von schwarzen Aktien aus und in den einschlägigen Internetforen wollen die erbittert geführten Debatten über sie nicht abreißen.

Die Börsenkurse dieser Aktien kennen nur eine Himmelsrichtung: den Norden. Trotzdem sind sie nur etwas für risikobereite *Kohlenhändler*. Man braucht auf jeden Fall starke Nerven, wenn man in schwarze Aktien einen Teil oder sein gesamtes Vermögen investiert hat. Manche *Kohlenhändler* behaupten allerdings, allein der Nervenkitzel, den sie bei diesen Aktien erleben, sei ihnen all ihr eingebrachtes Geld wert. Der Handel mit schwarzen Aktien gebe ihnen einen Kick, als ob sie täglich mehrere Dosen Kokain schnupften. Diese wunderbare Angespanntheit belebe auch ihr ganzes restliches Leben und lasse sie einfallsreicher und kreativer werden und besser schlafen. Diese psychologische Wirkung von schwarzen

Aktien sei, so erklären solche *Kohlenhändler*, besonders bei depressiven Stimmungen sehr heilsam. Es gehe nichts über das Hochgefühl, das man empfinde, wenn eine schwarze Aktie an einem Tag um vier oder gar mehr Prozent gestiegen sei. Der Börsenhandel sei eine Schule für das Leben, so diese schwarzen Börsenanleger, denn nirgendwo sonst in unserem modernen und geschützten Leben sei man so direkt dem Risiko des Versagens ausgesetzt und andererseits der Möglichkeit des großen, plötzlichen Erfolgs so nahe.

Ein italienischer Journalist, mit dem ich selbst gut bekannt bin, hat einmal den Versuch unternommen, Licht in die Dunkelheit der schwarzen Aktiengesellschaften zu bringen, aber trotz jahrelanger Bemühungen und etlicher Interviews mit führenden *Kohlenhändlern* der Welt hat er nicht den Hauch eines Beweises für ihre tatsächliche Existenz gefunden. Es war, so erzählte er mir neulich, als wir in meiner Wohnung bei einem Glas Rotwein zusammensaßen, als ob schwarze Aktien nur ein dunkles Nichts seien, um das allerdings viel Aufsehen gemacht werde. Der einzige Beweis für ihre Existenz sei tatsächlich, dass die *Kohlenhändler* an sie glaubten und dieser Glaube sei so stark, dass die Börsenkurse dieser schwarzen Unternehmen sich tatsächlich so verhielten, als ob sie ein Weltkonzern wie Volkswagen oder Microsoft seien. In unseren Tagen, so resümierte mein Freund, sind Scheinwelten so massiv in unsere Lebenswelten eingedrungen, dass das Nichts zu einer real existierenden Realität geworden ist.

Es war spät, als mein Journalistenfreund wieder nach Hause ging. Ich hatte den ganzen Abend mit mir gekämpft, ob ich ihm verraten solle, dass auch ich an jenem Tag die Hälfte meiner Ersparnisse in eine bekannte schwarze Aktiengesellschaft investiert hatte. Am Ende schwieg ich, aber mein Freund blickte mir beim Abschied tief in die Augen, als ob er mich längst durchschaut habe.

## Zustände und Aufstände

*Zustände* ist, wenn auf dem Markt alle Stände zuhaben. *Aufstände* hingegen ist, wenn sie aufhaben. Meistens jedoch sind die Stände zu. *Aufstände* sind relativ selten. Was jedoch ist das für ein Markt, der meistens zuhat? Brauchen die Menschen diesen Markt gar nicht? Wo steht er eigentlich? Er befindet sich überall, aber oft geht man achtlos an den *Zuständen* vorbei. Bei *Aufständen* hingegen weiß die ganze Welt sofort davon. Je länger die Stände zu gewesen sind, desto mehr steigt der Druck, sie endlich wieder zu öffnen. Wann genau das sein wird, kann niemand vorhersehen. Natürlich sind geschlossene Stände trist anzusehen, während *Aufstände* eine aufregende Sache sind. Viele Menschen haben noch nie einen geöffneten Markt erlebt. Manchmal geht es dabei, wie ich gelesen habe, ganz friedlich zu, aber oft sind die Menschen an solchen Tagen sehr aufgeregt und neigen zu Gewalt, so dass der Markt hinterher wie ein Trümmerfeld aussieht. Was jedoch sind das für Händler, die die allermeiste Zeit keinen Cent verdienen und in dem Moment, wo sie ihre Ware doch ausstellen, damit rechnen müssen, dass sie ihrer verlustig gehen?

Ich muss nochmal von vorne anfangen: Der Normalfall ist der geschlossene Markt. Es wird keine

Ware angeboten, die zusammengeklappten Stände stehen in einer Ecke. Die Menschen laufen auf dem Platz herum und man denkt gar nicht daran, dass der Markt auch öffnen könnte. Niemand scheint ihn zu vermissen; alles geht seinen gewohnten Gang. Doch unter der Oberfläche herrscht Unzufriedenheit darüber, dass der Markt nie geöffnet hat. Man hat keine genaue Vorstellung von ihm, aber man hat die Hoffnung, dort endlich all jenes zu bekommen, was man so lange schmerzlich vermisst hat. Schließlich ist die Wut so groß über diese geschlossenen Stände, dass die Menschen die Bretterstände des Marktes aus der Ecke holen, selbst aufstellen, in der Zeit auch die Händler anrufen, deren Nummern sie von irgendwoher bekommen haben, und ihnen sagen, sie müssten all ihre Waren so schnell wie möglich aus ihren Depots holen und sie zum Markt bringen, weil hier auf dem Platz schon eine riesengroße Menge warte, die nichts anderes begehre, als diese Waren zu kaufen. Die Händler sind von diesen Anrufen ganz aufgepeitscht und sie haben nichts anderes mehr im Sinn, als dass sie große Geschäfte machen wollen, die zehn Mal mehr Geld einbringen werden als noch das beste Weihnachtsgeschäft. Die Händler, die normalerweise kühl rechnen und genau wissen, wo es sich lohnt,

Zeit, Geld und Energie zu investieren, und wo nicht, lassen sich von dieser Stimmung forttragen und bringen entgegen aller Vernunft alles, was sie haben, zum Markt und erleben dort in aller Regel einen katastrophalen Tag oder eine katastrophale Woche, von der sie sich erst nach langer Zeit erholen werden: Auf dem Markt werden günstig Waschmaschinen, Kühlschränke, Fernseher, Computer, aber auch Gemüse, Obst und Lebensmittel aller Art angeboten. Selbst Juwelen gibt es zum Schnäppchenpreis. Man kann auf dem Markt also eigentlich alles kaufen und die Kunden greifen überall zu, eben nur ohne auch nur einen Cent zu bezahlen, weil sie glauben, all diese Dinge seien eh schon ihr Eigentum. Und in dem ganzen Gewühl ist es für die Händler fast unmöglich, ihre frei ausliegende Ware vor diesen diebischen Händen zu schützen. Die Masse der Menschen ist so groß, dass jedermann den Überblick darüber verliert, was hier eigentlich vor sich geht.

So verläuft es, wenn die Stände aufhaben, aber ob das Ganze einen Sinn ergibt, wage ich zu bezweifeln. Vielleicht muss man dieses Auf und Ab des Marktes einfach so hinnehmen und darf sich nicht allzu viele Fragen stellen.

# Lichtschalter

Wenn ich Albert Einstein richtig verstanden habe, so ist in seiner Relativitätstheorie die Energie oder das Licht eine absolute Größe, d. h. alles ist relativ zum Licht. Wenn ich also in Zukunft zur Post gehe, werde ich mich nicht mehr an den Schalter, sondern an den *Lichtschalter* stellen müssen. Ich werde zu dem *Lichtschalterbeamten* sagen, ich möchte gerne einen *Lichtbrief* verschicken. Er wird mich fragen, wohin der Brief denn gehen soll, und ich werde ihm antworten, auf den Saturn zu meiner Mutter, die sich dort im Altersheim befindet. Der Brief wird einige Stunden unterwegs sein, wird der Postbeamte sagen. Wenn Sie wollen, kann ich Ihnen das auf die Millisekunde ausrechnen, wird er hinzufügen und ich werde erwidern, das ist nicht nötig, vielen Dank. Dann macht das einen *Lichteuro*, wird der Beamte sagen und mir wird einfallen, dass ich noch ein *Lichtpaket* für meine Mutter in meinem *Lichtrucksack* habe, denn übermorgen ist ihr Geburtstag. Ich werde das Paket aus dem Rucksack nehmen und es dem Beamten reichen, damit er es wiegt und misst und mir mitteilt, wie viel ich dafür zahlen muss, bis mir einfallen wird, dass Licht nichts wiegt. Trotzdem werde ich staunen, wenn der Beamte mir sagen wird, das macht dann auch einen *Lichteuro*, obwohl man immer noch denkt, die *Lichtwanderungen durch die Lichtmark Brandenburg*, die sich meine Mutter gewünscht hat, müssten doch schwerer sein als ein *Lichtbrief*.

In dem Moment wird eine SMS von meiner Mutter eintreffen und ich werde den Beamten um Entschuldigung bitten, dass ich die Nachricht kurz lesen muss. Und in ihr wird drinstehen, dass sich Mutter sehr nach mir sehnt und sie es bedauert, dass ich mich nie bei ihr blicken lasse. Da werden mir Tränen in die Augen kommen und, von dieser Mitteilung sehr ergriffen, werde ich den Beamten fragen, hat die Post denn auch einen *Lichtshuttleservice* zum Saturn? Und der Beamte wird nur ein breites Lächeln zeigen, das bedeuten wird, was haben Sie denn gedacht? Ich werde aber nochmal mein *Lichtportemonnaie* hervorholen und den *Lichtschalterbeamten* mit verängstigter Stimme fragen, das wird bestimmt sehr teuer, und er wird fragen, wollen Sie gleich oder erst später zum Saturn gestrahlt werden? Macht das denn einen Unterschied im Preis, werde ich fragen. Nein, ich muss es nur wissen, damit ich Sie im richtigen Moment in einen *Lichtstrahl* verwandele. Ich verstehe, werde ich sagen und noch immer werde ich wegen des vermutlich astronomischen Preises einer solchen Reise zittern, aber der Beamte wird in meinen *Lichtgedanken* lesen und mir erklären, auch der *Lichtshuttleservice* kostet einen *Lichteuro* und ich werde ihn erleichtert ansehen und mir werden fast wieder die Tränen kommen vor so viel Güte dieses *Lichtschalterbeamten*. Ich werde also nacheinander drei einzelne *Lichteuro* für den Brief, das Paket und mich selbst bezahlen und mich von der *Lichtpostschalterhalle* bereits in den Raum begeben wollen, von dem aus ich ins Weltall geschickt werden werde, als mir einfallen wird, ich werde auf dem Saturn vielleicht auch etwas *Lichtgeld* brauchen und zu dem Beamten sagen, ich möchte gerne 200 *Lichteuro* von meinem *Lichtsparkonto* abheben und der Beamte wird mir einen *Lichteuro* aushändigen und ich werde ihn erstaunt ansehen und ihm sagen, ich hatte doch 200 *Lichteuro* gesagt. Und er wird lässig antworten, dann hätten Sie zweihundert Mal einen *Lichteuro* abheben müssen. Sie wissen doch, dass man bei einer Bestellung für alles nur einen *Lichteuro* bezahlt und bei einer Kontoabhebung für alles nur einen *Lichteuro* bekommt, denn Licht kann man schließlich nicht teilen. Gesetz ist Gesetz und Relativitätstheorie ist Relativitätstheorie. Aber auf Ihrem Quittungsbon steht doch, ich habe 200 *Lichteuro* abgehoben. Die sind ja auch verbucht worden, wird der Beamte mit einem jetzt leicht maliziösen Ton sagen. Aber wieso habe ich dann für den Brief, die Bücher und die Reise drei *Lichteuro* bezahlt, werde ich erbost fragen und der *Lichtschalterbeamte* wird erwidern, weil Sie diese Dinge in getrennten Momenten bestellt haben. Ich aber werde wettern, das ist Betrug, dass Sie mir nur einen *Lichteuro* statt zweihundert geben, bis der Beamte die *Lichtpolizei* rufen wird, die mich ins *Lichtgefängnis* einsperren wird, so dass ich auch dieses Jahr meine Mutter nicht zu ihrem Geburtstag im Altersheim auf Saturn besuchen werde, weil ich hier auf dieser *Lichtpritsche* liegen und diese Geschichte aufschreiben werde, die nun zu einem Ende gekommen sein wird, während ein kleiner Sonnenstrahl durch die schwedischen Gardinen scheinen wird, die leider aus Edelstahl sind.

## gläserner Mensch

Er hat an einem besonders heißen Hochsommertag die Orientierung verloren und lief gegen eine Supermarktglastür in der Schlossstraße. Anstatt dass das Glas gebrochen ist, hat es sich wegen seiner starken Körperwärme um ihn geschmiegt und in einen *Menschen aus Glas* verwandelt.

Der *Glasmensch* möchte nirgendwo anstoßen und ist sehr vorsichtig. Die Menschen rempeln ihn trotzdem immer wieder an und stoßen ihn um, weil er unsichtbar ist. Auch wenn er sich etwas anzieht, wird seine Kleidung ebenfalls zu Glas. Er ist schon froh, wenn er sich an einem Tag nur einen Arm oder ein Bein bricht. Er hat immer einen Sekundenkleber dabei, mit dem er sich eine abgebrochene Extremität wieder anklebt. Am Schlimmsten ist es, wenn er über einen Zebrastreifen geht und von einem Autofahrer übersehen wird. In einem solchen Fall muss der *Glasmensch* ganz neu geschmolzen werden. Bei den hohen Schmelztemperaturen geht jedoch fast sein ganzes Gedächtnis verloren und seine ganze Erfahrung ist ebenfalls gelöscht, die er seit seinem letzten Totalunfall über gefährliche Kreuzungen, Raserstraßen oder über Gegenden gesammelt hat, in denen abends viele betrunkene Autofahrer unterwegs sind. Trotz oder gerade wegen dieser immer wieder vorkommenden Rückschläge ist der *Glasmensch* eigentlich ein fröhliches und unkompliziertes Wesen, denn er sieht die Welt fast jede Woche mit dem Blick eines unbelasteten Neugeborenen.

N. B.: An seinen Totalunfällen ist der *Glasmensch* nur in den seltensten Fällen selbst schuld. Für die Kosten der Neuschmelzung muss in den allermeisten Fällen die Versicherung des Autofahrers aufkommen. Da Glas ein billiger Rohstoff ist, halten sich die Kosten für eine Neuschmelzung allerdings in Grenzen. Die Versicherungen haben auch deshalb wenig Neigung, gegen den *Glasmenschen* zu klagen, weil die Berliner Polizisten sich fast ausnahmslos auf seine Seite stellen und in einem Prozess nie gegen ihn aussagen würden, selbst wenn seine Schuld eindeutig feststünde.

Am liebsten setzt sich der *Glasmensch* nachts auf eine Parkbank an einen der kleinen künstlichen Seen im Steglitzer Stadtpark und hört dem Quaken der Stock- und Mandarinenten zu. Seine Frau, die einmal durch eine Feuerwand gelaufen ist und seitdem die *Flammenfrau* heißt, nennt ihn spaßeshalber den *Chef vom Ententeich*. Er hat über diese Bezeichnung so lachen müssen, dass sein Glasbauch geplatzt ist. Seine Frau hätte deswegen den Glasnotarzt rufen müssen, aber der ist gerade im Urlaub in der Schweiz gewesen. Also haucht sie den Glasbauch ihres Mannes einfach mit ihrem Feueratem an, so dass die gebrochenen Bauchfalten sich wieder zusammenfügen. Das Ergebnis sieht nicht perfekt aus, aber bei dem nächsten Totalunfall muss ehedem alles neu gemacht werden.

Ein gewisses Problem ist, dass der *Glasmensch* nach einer Neuschmelzung oft auch seine Frau nicht wiedererkennt, aber irgendwie fühlt er sich trotzdem immer wieder zu ihr hingezogen, wenn er sie aufs Neue im Stadtpark trifft. Wie oft sie schon geheiratet haben, kann niemand sagen. Dass er sich auch jedes Mal gerne im Stadtpark aufhält, hat seine Ursache wohl darin, die Glasschmelzerei, in der er fast jede Woche neu geformt werden muss, liegt in der Nähe des Stadtparks.

Manchmal machen der *Glasmensch* und die *Flammenfrau* auch Urlaub an der Ostsee. Meist nehmen sie vom Bahnhof Südkreuz einen Regionalexpress, um ans Meer zu gelangen. Sie muss während der Fahrt ihre Flammen auf ein Minimum reduzieren, damit der Zug nicht Feuer fängt. Er hingegen kann sich ohne weiteres auf einen Platz setzen, muss aber aufpassen, dass sich niemand auf ihn draufsetzt, weil er ja unsichtbar ist. Wenn sie am frühen Nachmittag an der Ostsee angekommen sind, liebt er es, sich sogleich in die Fluten zu stürzen, sich weit hinaus aufs Meer zu begeben und sich endlich einmal eins zu fühlen mit seiner Umgebung. Die Temperatur der Ostsee ist genau richtig für den *Glasmenschen*, so dass er sich oft bis zum Sonnenuntergang im Wasser aufhält. Seine Frau liegt lieber lau und faul am Strand und lässt sich von der Sommersonne ihre Flammen auffrischen. Manchmal läuft das Ehepaar auch einfach am Meeresufer entlang und unterhält sich über Gott und die Welt. Nach einer Woche etwa wird es ihnen jedoch langweilig am Meer und sie kehren nach Berlin zurück.

Im Winter stellt sich die *Flammenfrau* in den Steglitzer Stadtpark und gibt frierenden Menschen von ihrer Wärme ab. An besonders kalten Tagen, die aber in den letzten Jahren ziemlich selten geworden sind, bildet sich um sie herum eine ganze Traube Menschen, die sich in ihrer Nähe aufwärmen wollen, bevor sie sich wieder den Eiswinden aussetzen. Wenn es an solchen Eistagen auch noch schneit, verwandelt sich der *Glasmensch*, der die ganze Zeit nur wenige Meter von seiner Frau entfernt steht, in einen Schneemann, denn Schnee wird auf seiner Haut nicht zu Glas.

An solchen inzwischen seltenen Tagen kann man den Glasmenschen *sehen*, so dass viele Menschen angelaufen kommen, um dieses Spektakel zu betrachten. Unweigerlich stellen ihm die Menschen dann Fragen, wo er denn wohne, ob er seine Frau noch liebe, ob er mit ihr denn nicht Kinder haben wolle, was das seiner Ansicht nach für Kinder sein würden? Und überhaupt, wie schafften er und seine Frau, die von ihrer Physis kaum gegensätzlicher sein könnten, es denn, sich zu küssen? Es sind immer wieder die gleichen Fragen, auf die der *Glasmensch* nach so vielen Jahren keinerlei Lust mehr hat zu antworten. Er ist froh, wenn es wieder wärmer wird, der Schnee von ihm abfließt und er wieder unsichtbar wird, denn nichts geht dem *Glasmenschen* über seine Anonymität. Im Übrigen ist auch der *Flammenfrau* ihre Privatsphäre heilig.

Viel mehr habe ich über das Leben des *Glasmenschen* und der *Flammenfrau* nicht zu berichten. Vielleicht noch so viel: Vor Jahren, als das Internet noch in seinen Kinderschuhen steckte, wollte der Bezirk in dem Bemühen, den Tourismus in Steglitz zu fördern, eine Broschüre über den *Glasmenschen* und die *Flammenfrau* herausgeben, in der folgender Satz stand: Wenn Sie diese beiden ungewöhnlichen und eigentlich immer freundlichen Menschen einmal persönlich kennen lernen wollen, kommen Sie doch einfach in den Stadtpark Steglitz. Die Broschüre war schon gedruckt und sollte am nächsten Tag an sämtliche Berliner Hotels ausgeliefert werden, als nicht nur auf mysteriöse Art der Schlüssel zu dem Depot verschwand, in dem die Broschüren lagerten, sondern, als wenige Tage später der Schlüssel auf ebenso mysteriöse Weise wieder auftauchte und man das Depot wieder aufschließen konnte, von den Broschüren nur ein Häufchen Asche geblieben war.

## Schattenmorellen

Antonio fängt am späten Nachmittag an zu kochen, wenn die Schatten länger werden. Er geht in den Garten zum Ententeich und schneidet der Ente den Schatten ab. Er muss dabei sehr vorsichtig vorgehen und darauf achten, dass die Ente nicht merkt, wie er ihren Schatten klaut. Vor allem darf Antonio nicht zwischen der Sonne und der Ente stehen, sondern er muss sich von hinten heranschleichen und den *Entenschatten* abschneiden, wenn er lang und breit ist, damit er im Ofen etwas hergibt.

Oft merkt die Ente gar nicht, dass sie ihren Schatten verloren hat und in kurzer Zeit ist er auch nachgewachsen, so dass man ihn einen Tag später schon wieder abschneiden kann. Antonio hebt den frischgeschnittenen Schatten auf, der noch ein wenig zappelt, und geht zurück in die Küche, nachdem er noch *Schattenkräuter* aus dem Garten geholt hat. Aus dem Keller holt er *Schattenkartoffeln*. Durch die lange Lagerung im Keller haben die Kartoffeln einen ganz schwarzen, festen Schatten, der besonders lecker schmeckt.

In der Küche hat der Koch Antonio die Neonlampe angemacht, damit die Schatten sich wohl fühlen und frisch bleiben. Die *Schattenente* nimmt er aus, füllt sie mit verschiedenen *Schat-*

*tenkräutern* und einem *Schattenapfel*. Die *Schattenkräuter* sind schwer zu schneiden. Sobald man sie in die Hand nimmt, vermischen sie sich mit der Schattenhand und eine Schattenhand eignet sich nicht für ein *Schattenessen*. Doch Antonio bekommt es hin mit den. Manchmal ist Antonio etwas entnervt, dass die *Schattenkräutern* sich immer wieder zusammentun, wenn man sie schneidet, so dass er sie ungeschnitten in die *Schattenente* stopft. Einen Unterschied macht das kaum. Schließlich stellt er die *Schattenente* in den vorgeheizten *Lichtofen*. Bald fängt sie an, immer mehr Schatten abzuschwitzen. Kleine *Schattentropfen* fallen auf das Ofenblech. Trotz der *Schattenkräuter* und des *Schattenapfels* in ihrem Bauch ist die *Schattenente* vollkommen flach. Wenn Antonio nicht Salz und Pfeffer auf die *Schattenente* gestreut hätte, könnte man meinen, auf dem Ofenblech sei nichts. Die *Schattenente* wird jedenfalls kleiner und kleiner. Schließlich dreht Antonio im *Lichtofen* das Licht von allen Seiten an, so dass gar kein Schatten mehr im Ofen ist. Die Ente ist weg. Antonio macht die Ofentür auf und stellt das Ofenblech auf den Küchentisch.

Derweil hat Antonio auch die *Schattenkartoffeln* gekocht. Sie brauchen meist nur ein bis zwei Minuten, bis sie gar sind. In dem sprudelnden Wasser hält es kein Schatten lange aus. Da die *Schattenkartoffeln* sehr flach sind, braucht man auch nur wenig Wasser, um sie zu kochen. Dieses kippt Antonio schließlich in einen Becher und stellt es neben das Ofenblech.

Auf dem Ofenblech ist nichts. Antonio nimmt das Nichts, zerschneidet es in kleine Teile und isst es genüsslich auf. Auch den Becher mit heißem Wasser trinkt er langsam aus. Das Wasser schmeckt nach Salz, weil Antonio etwas Salz zu den *Kochschattenkartoffeln* getan hat. Wenn die Mahlzeit beendet ist, trinkt Antonio meist noch einen *Schattenespresso*, um das *Schattenessen* besser zu verdauen.

Morgen macht Antonio sich wieder *Schattenente*. Außer wenn die Sonne nicht scheinen sollte. Dann gibt es *Schattenmorellen* aus dem Glas.

## Schlüsselbund

Wenn ein Schlüssel verlorengeht und nicht wieder auffindbar ist, übernimmt der Verbund der Schlüssel, *Schlüsselbund* oder *Bund der Schlüssel* genannt, die Versorgung der Witwe und der Halbwaisen mit einem Nachschlüssel. Der Schlüsselfrau und den Schlüsselkindern ist es relativ egal, wer ihr Ehemann und Vater ist, da der Nachschlüssel sich im Allgemeinen bis auf allerkleinste Nuancen nicht von seinem Vorgänger unterscheidet. Wenn der Vater mürrisch und arrogant oder hingegen liebevoll und einfühlsam war, gelten die gleichen Eigenschaften auch für seinen Nachfolger.

Der *Schlüsselbund* finanziert sich aus den obligatorischen Mitgliedsbeiträgen aller Schlüssel der Welt. Die Datenbank, mit der der *Schlüsselbund* seine gewaltige Mitgliederzahl verwaltet, die weit in den zweistelligen Milliardenbereich geht, ist die mit Abstand größte der Welt. Vor der Digitalisierung waren die Karteikarten der Mitglieder in einem der höchsten Hochhäuser New Yorks untergebracht. Wie die etwa zehntausend Schlüsselmitarbeiter, die diese Karteikarten verwalteten, diesen gigantischen Aufwand bewältigen konnten, ohne dass es zu nennenswerten Verzögerungen bei der Ausstellung der Schecks für die

Nachschlüssel kam, grenzt aus heutiger Sicht an ein Wunder. Manchmal hat man sogar den Eindruck, die digitale Datenbank von heute ist eine Spur langsamer und weniger effizient als ihr analoger Vorgänger. Wer sich an dieses Zeitalter erinnern kann – es sind leider nur noch wenige –, behauptet, man sei auf der Arbeit damals viel konzentrierter gewesen, während man sich heute allzu sehr auf die vermeintlich allmächtige Datenbank verlasse und nicht merke, wenn sich in den Eintragungen ein Fehler eingeschlichen habe. Dennoch ist die Effizienz der Verwaltung des *Schlüsselbundes* immer noch legendär und kann sich mit jeder menschlichen Institution messen.

Eine andere Aufgabe als die Bereitstellung der Gelder für einen Nachschlüssel hat der *Schlüsselbund* nicht. Es hat immer wieder Versuche gegeben, sein Aufgabenfeld auszuweiten, wie etwa einen Suchservice für verlorene Schüssel einzurichten oder bei Einbruch oder Wohnungsbränden auch für den Ersatz des Türschlosses aufzukommen, aber besonders die amerikanischen Schlüssel, die wie in vielen anderen Bereichen auch beim *Schlüsselbund* immer noch den Ton angeben und als einziger Landesverband im sogenannten *Schlüsselrat* ein Vetorecht haben, haben sich immer dagegen gesperrt, weil sie auf jeden

Fall die Entstehung eines bürokratischen Monsters verhindern wollten. Deshalb haben sie auch die Digitalisierung des *Schlüsselbundes* stark forciert, weil sie hofften, auf diese Weise die Personalkosten des Bundes stark reduzieren zu können. Das ist ihnen auch gelungen, aber die Kündigung von etwa 9500 Schlüsseln, die teils seit langen Jahren für den *Schlüsselbund* gearbeitet hatten, sorgte weltweit für großen Unmut bei den Schlüsseln und entfachte eine antiamerikanische Stimmung unter den Schlüsseln, die von den Landesschlüsselverbänden Chinas und Russlands noch weiter angefacht wurde, obwohl nicht davon auszugehen ist, dass sie mit ihren eigenen Schlüsseln zimperlicher umgehen als die Amerikaner. Wie überall auf der Welt ist die Stimmung zwischen demokratischen und autoritären Schlüsseln derzeit stark aufgeheizt. Trotz allem versucht sich der *Schlüsselbund* aus diesen politischen Kontroversen herauszuhalten. Seit etwa fünfzehn Jahren ist Donatella Chiave, eine Italienerin, Generalsekretärin des *Schlüsselbundes* und alle bescheinigen ihr, dass sie ihre Arbeit gut macht. Vielleicht ist sie etwas eitel und arrogant, aber sie weiß sich durchzusetzen und das ist beim *Schlüsselbund* keine einfache Sache. Mit viel Fingerspitzengefühl hat sie die verzwickten Fragen nach den verlorenen Schlüsseln im Ukrainekrieg und im Gazastreifen durch einen Kompromiss lösen können, mit dem zwar alle beteiligten Länder ein bisschen unzufrieden waren, bei dem sich aber niemand wirklich auf den Bart getreten fühlte. Es ist anzunehmen, dass Donatella Chiave in wenigen Monaten für weitere fünf Jahre in ihrem Amt bestätigt werden wird.

Ob auf der nächsten Sitzung des *Schlüsselrates* tatsächlich auch über die Erteilung eines Vetorechts an den chinesischen Landesverband abgestimmt werden wird, ist ungewiss, denn die Amerikaner tun hinter den Kulissen alles, um eine solche Abstimmung zu verhindern, obwohl eine deutliche Mehrheit im *Schlüsselrat* eine solche wünscht. Die Amerikaner möchten ungern ein offenes Veto gegen ein Vetorecht für die Chinesen einlegen, weil das die antiamerikanische Stimmung im *Schlüsselrat* und nicht nur dort nochmal deutlich verschärfen würde. Die Chinesen drohen ihrerseits damit, die Wiederwahl von Frau Chiave zu boykottieren, falls sie nicht auch ein Vetorecht erhalten. Auch die sonst so ruhige Generalsekretärin wirkt im Vorfeld der Sitzung des *Schlüsselrats* angespannt und schlechter Laune, was besonders ihre engen Mitarbeiter zu spüren bekommen. Doch die Nervosität ist im ganzen Hochhaus spürbar. Nach der Digitalisierungswelle ist der *Schlüsselbund* allerdings in ein wesentlich kleineres Gebäude gezogen und die früheren Karteikarten, die wegen der kleinen Schreibmaschinen nur ein Format von einem Quadratzentimeter hatten, sind samt und sonders mit etwa fünfhundert Lastwagen in ein Archivlager im nahegelegenen New Jersey gebracht worden. Man wollte die alten Karteikarten noch für einige Jahre aufbewahren, falls etwa Daten, die sich jetzt in der Datenbank befanden, Unstimmigkeiten aufweisen sollten. Kurz darauf ist das Archivlager abgebrannt und man hat bis heute nicht feststellen können, ob das ein verzweifelter Racheakt der gefeuerten *Schlüsselbundmitarbeiter* war oder nicht.

Auch ich weiß darüber nichts Genaues, obwohl ich der Vorgänger von Donatella Chiave bin, der das Amt für insgesamt 20 Jahre innehatte und alle 9500 Kündigungsbriefe für meine Mitarbeiter persönlich unterschreiben musste. Mir hat damals das Herz geblutet und es blutet mir bis heute. Wenn es jedoch einen Buhschlüssel beim *Schlüsselbund* gibt, dann bin ich es. Donatella hat es in meinen Augen relativ leicht gehabt. Sie hat die Früchte meiner Arbeit geerntet, während ich darum kämpfen muss, dass mir meine letzten drei Wachschlüssel, die Tag und Nacht auf mich

aufpassen sollen, nicht auch noch gestrichen werden. Ich habe die Digitalisierung des *Schlüsselbundes*, d. h. die Entstehung der größten Datenbank der Welt, prinzipiell begrüßt, aber mein
Kampf für einen großzügigen Pensionsfonds für
die entlassenen *Schlüsselbundmitarbeiter* ist an
dem Veto der Amerikaner gescheitert. Trotzdem
bin und bleibe *ich* in den Augen fast aller der Bö-
seschlüssel schlechthin.

Meine Frau hat, als ich zum ersten Mal zum Generalsekretär des *Schlüsselbundes* gewählt wurde,
zu mir gesagt, du weißt, worauf du dich einlässt.
Ich wusste es. Trotzdem haben mich die Emotio-
nen, die der gewaltige digitale Umbruch verursacht hat, fast aus der Bahn geworfen. Ich kann
heute ohne einen bewaffneten Wachschlüssel an
meiner Seite nicht mehr das Haus verlassen. Ich
erhalte täglich Dutzende Morddrohungen, wobei
jene, mich an einen Drachenleine in einem Gewitter zu hängen, wie es einst Benjamin Franklin
getan hat, noch die harmloseste Variante ist.

Ich bin als einfacher Hausschlüssel 1987 in Ost-
berlin geboren und wäre nach der Wende fast entsorgt worden, weil man damals alle Ostschlösser
durch Westschlösser ersetzt hat, aber irgendwie,
ich weiß selbst nicht wie, habe ich diese Jahre
überstanden und bin 1989 in der Hosentasche

eines bulgarischen Diplomaten, der vergessen hatte, mich bei seinem Vermieter in Berlin wieder abzugeben, in New York gelandet. Irgendwie habe ich dann innerhalb kurzer Zeit viele Schlüssel am East River kennen gelernt und eben auch den Vertreter des deutschen Landesverbandes beim *Schlüsselbund*, ein gewisser Heinrich Schlosser, der einen Narren an mir gefressen haben muss und mich zur Überraschung aller wenige Monate später für den Posten des Generalsekretärs des *Schlüsselbundes* vorgeschlagen hat. Ich sprach Englisch immer noch mit meinem Berliner Akzent und meine Bewerbungsrede hat wohl einige *Schlüsselvertreter* eher zum Lachen gebracht. Eigentlich sollte ein Südamerikaner gewählt werden, ein Chilene, aber dann stellte sich heraus, er war der Badezimmerschlüssel im Palast des Diktators Augusto Pinochet gewesen und ehe ich es mir versah, war tatsächlich ich als Verlegenheitskandidat für dieses Amt gewählt worden. Von Anfang an hat der amerikanische Vertreter, der Walter Keystone heißt, mich als seinen Laufburschen angesehen und ich habe Jahre gebraucht, damit er mir Respekt zollte. Aber dieser Kampf hat mich gestählt. Zum Schluss hat keiner mehr gewagt, etwas gegen mich zu sagen. So dachte ich zumindest, doch als ich die Frage mit dem

Pensionsfonds für die entlassenen 9500 Mitarbeiter schon in trockenen Tüchern wähnte, kam vollkommen unerwartet und wie aus einem Hinterhalt das Veto von Walter Keystone. Er nahm mir meine Unabhängigkeit und meine starke Stellung wohl übel und hatte jahrelang auf eine Gelegenheit gewartet, um sich an mir zu rächen, obwohl er prinzipiell der Idee eines Pensionsfonds in früheren Sitzungen des *Schlüsselrats* zugestimmt hatte. Dieser Verrat hat mich schwer getroffen und ich werde ihn möglicherweise nie überwinden, aber ich bin wohl auch eine Spur naiv gewesen zu glauben, meine Position sei unantastbar. Ein Jahr später habe ich mich nicht wieder zur Wiederwahl gestellt. Ich hätte auch keine Chancen mehr gehabt. Ich war zu verhasst bei so vielen Schlüsseln in der ganzen Welt, als ob durch meinen Willen Millionen Schlüssel in der Welt arbeitslos geworden wären und nicht nur 9500. Man wollte mich so schnell wie möglich loswerden. Man ließ mich fallen wie eine Feuerkartoffel. Das liegt jetzt etwa 15 Jahre zurück und ich muss immer noch meine Wunden lecken. Wenn nicht meine Frau wäre, hätte ich diese Zeit nie überstanden. Ich habe sie kennen gelernt, als ich gerade nach New York gekommen war. Bei dem Versuch, die Tür zu meinem Hotelzimmer aufzuschließen, war ich ausgerutscht und auf den Boden gefallen. Da lag ich und konnte nicht wieder aufstehen. Carolyn, die gerade einen guten Freund aus Brasilien zu seinem Zimmer begleitet hatte, nachdem sie ihm den ganzen Tag die zahlreichen Wunder von New York gezeigt hatte, hörte meine Hilfeschreie und rettete mich aus dieser schwierigen Lage. Ein Jahr später – ich war bereits Generalsekretär des *Schlüsselbundes* geworden – haben wir in der Schlosskirche in Brooklyn geheiratet. Es war eine bescheidene Hochzeit, wie es sich für ein Schlüsselpaar gehört. Carolyn nahm meinen Namen an, obwohl ihr das ß in Schließer ungewohnt vorkam. Später haben wir unseren Namen in Schliesser geändert, um uns wenigstens ein bisschen den amerikanischen Gewohnheiten anzupassen. Carolyn war Schlüsselärztin und hatte im Westend eine eigene Praxis, die gut lief. Viel Zeit füreinander hatten wir nicht, aber wir mochten uns und wussten, wir konnten aufeinander vertrauen. Einmal hat mich Carolyn mit einem Sicherheitsschlüssel aus dem Empire State Building betrogen, aber nach einiger Zeit ist meine Eifersucht wieder abgeklungen. Seit langen Jahren leben wir glücklich in der 65. Straße, nicht weit vom Central Park entfernt.

Morgen fliege ich mit einem Flugticket nach Berlin, weil meine Mutter beerdigt wird. Ich war seit 1989 nicht mehr in meiner Heimat. Auf einem Flugticket zu reisen und sich von den Winden über den Ozean ziehen zu lassen, ist keine ungefährliche Angelegenheit. Man muss sich jedenfalls gut festhalten, wenn man nichts ins Wasser fallen und für immer verloren gehen will in den Tiefen des Meeres.

Ich gehe früh schlafen und bin am nächsten Morgen zeitig am Flughafen. Es herrscht viel Betrieb. Es ist Urlaubszeit und viele Schlüssel wollen verreisen oder für ein paar Wochen in ihr Ursprungsland zurückkehren. Bis zum Abflug des Flugtickets sind es noch etwa zweieinhalb Stunden. Mein Wachschlüssel – er heißt übrigens Pedro –, steht neben mir und scheint unruhig. Er ist Mexikaner und hört offenbar einer Unterhaltung auf Spanisch zu, die ich nicht verstehe. Auf einmal zieht er an meinem Schlüsselkopf und zerrt mich weg zum Ausgang. Ich widersetze mich, aber er lässt nicht mit sich reden. Er zerrt und zerrt, bis wir ganz außer Atem wieder im Freien stehen. Er deutet auf ein Fahrkartentaxi, das gerade frei ist. Wir setzen uns auf die Fahrkarte und er sagt ihr, sie solle so schnell wie möglich zum *Schlüsselbundhauptquartier* fahren. Ich verstehe die Welt nicht mehr, aber Pedro schaut mich ernst und eisern an. Es muss etwas Gravierendes vorgefallen sein. Ist die *Schlüsselbunddatenbank* ausgefallen, ist Walter Keystone einem Herzinfarkt erlegen oder ist meinem alten Freund Heinrich Schlosser, der noch immer die Interessen Deutschlands im *Schlüsselrat* vertritt, etwas passiert? Ich will und muss wissen, was vorgefallen ist, aber mein Wachschlüssel bedeutet mir, ich solle schweigen. Offenbar hat er Angst, dass die Fahrkarte ein Spion sein könnte. Viele Fahrkartentaxis stehen im Verdacht, für ausländische Mächte zu arbeiten, indem sie den Inhalt der Gespräche ihrer Fahrkunden weitergeben, um ihr spärliches Einkommen aufzubessern. Also schweige ich, obwohl die Anspannung meinen Schlüsselkopf zittern lässt. Pedro hingegen wirkt äußerlich ganz ruhig. Er hat wohl ein intensives Training für solche Situationen durchlaufen. Auch ich war mal sehr stressresistent, aber das ist schon eine Weile her. Ich muss einen Moment an meine Mutter und an meine Geschwister denken. Ob ich letztere überhaupt je wiedersehen werde? Ich bin alt und ein Flugticketflug ist zu viel nervliche Anspannung, wenn man ein bestimmtes Alter erreicht hat. Der Wachschlüssel berührt mich an meinen Schlüsselzähnen. Wir sind angekommen. Pedro bezahlt die Fahrkarte und wir beeilen uns, ins *Schlüsselbundhochhaus* zu gelangen. Ich besitze noch einen alten Dienstausweis und auch Pedro darf selbstverständlich hinein, da er den internen Sicherheitsbehörden des *Schlüsselbundes* angehört. Wir rennen und ich bin wieder ganz außer Atem. Mein Schlüsselherz fängt an zu pochen. Ich bedeute dem Wachschlüssel, er soll etwas langsamer laufen, aber er drängt weiter zur Eile. Schließlich haben wir das Büro von Donatella erreicht. Sie ist nicht da. *Fuck*, schreit mein mexikanischer Wachschlüssel in voller Lautstärke. Wir sind zu spät. Sie haben sie. Wer hat Frau Chiave entführt?, rufe ich mit heiserer Stimme, weil ich noch immer ganz außer Atem bin. Wer wohl, erklärt mein Wachschutz.

In dem Moment erinnere ich mich an ein Gerücht, das ich vor ein paar Tagen aufgeschnappt habe. Ich habe Carolyn davon erzählt und dabei gelacht, weil ich das Gerücht für absurd hielt. Ich denke mir, wenn überhaupt kann eher das Gegenteil von dem zutreffen, was das Gerücht besagt. Auch als ich Pedro jetzt von meinem Verdacht erzähle, nickt er mir zu, als ob ich ins Schwarze getroffen hätte. Nun weiß auch ich, was zu tun ist, obwohl die Sache mir eigentlich nur Übelkeit bereitet.

Als erstes muss ich Carolyn in Sicherheit bringen. Sie ist im Moment in ihrer Praxis, die sie trotz ihres Alters immer noch weiterführt. Sie hat die Zahl ihrer Patienten reduziert und behandelt nur noch diejenigen, mit denen sie seit langer Zeit eine Beziehung pflegt, und trotzdem hat sie noch alle Hände voll zu tun. Ich sage ihr manchmal, sie soll sich allmählich zur Ruhe setzen und das Leben genießen, so wie ich es tue, aber sie entgegnet mir jedes Mal, auch du tust ja nur so, als ob du deinen Job hinter dich gelassen hättest. In Wahrheit beschäftigt er dich weiterhin Tag und Nacht. Du bist nicht von ihm losgekommen und wirst nie von ihm loskommen. Wo sie recht hat, hat sie recht.

Wir eilen zur 48. Straße, wo Carolyn ihre Praxis in einem alten, fünfstöckigen Gebäude hat. Sie befindet sich in einer Art Mäuseloch neben der Praxis eines Menschenarztes. Es ist für Schlüsselärzte immer besser, ihre Praxis neben der eines Menschenarztes zu haben, weil sich die Schlüsselpatienten so sicherer fühlen, auch wenn Menschenärzte Schlüssel nur als einen Gegenstand zweiter Klasse ansehen, dem sie im Normalfall keinerlei Beachtung schenken. Dass wir Schlüssel eine hochentwickelte eigene Gesellschaft haben, würden Menschenärzte keinem von uns je glauben. Inzwischen rast das Fahrkartentaxi weiter und ich fange an mich zu fragen, ob es klug war, Carolyn von diesem Gerücht zu erzählen. Wenn sein Gegenteil tatsächlich zutrifft, könnte das Wissen darüber tödliche Folgen haben. Ich bin so aufgeregt und so in meinen Gedanken, dass mir gar nicht auffällt, wie ich die Fahrkarte anschnauze, sie solle gefälligst schneller fahren. Sie schaut mich an, als ob ich nicht ganz bei Trost sei. Schließlich sind wir am Ziel. Ich hechte zwei Stufen auf einmal in den fünften Stock, wo sich die Praxis befindet, und wundere mich selbst, woher ich dazu plötzlich die Kraft nehme. Oben angekommen, steht auf einem Schild: *Praxis von Frau Dr. Schliesser heute geschlossen*. Ich bin verdattert. Für einen Moment frage ich mich, ob Carolyn mir beim Frühstück vielleicht mitgeteilt hat, sie gehe heute nicht in die Praxis und ich habe es vergessen, weil mein Gedächtnis inzwischen nicht mehr das beste ist, aber ich kann mich wirklich nicht an eine Aussage in diese Richtung erinnern. Irgendetwas sagt mir, hier ist etwas faul. Gerade geht ein Menschenpatient in die Praxis nebenan und ich schleiche mich hinter ihm durch die Tür. Vielleicht kann ich hier etwas herausfinden. Die Tür fällt hinter mir zu. Ich bin gefangen. Und Pedro wartet draußen auf mich und kann mich nicht beschützen.

Ich bin aufgeregt. Vor zwanzig Jahren habe ich die tödlichsten und gemeinsten Sitzungen im *Schlüsselrat* mit einem Zähnezucken über mich ergehen lassen und konnte am Abend trotzdem den schönsten Zahn an Zahn-Sex mit Carolyn haben. *Tempi passati.* Ich werde halt alt. Ich nehme mich zusammen und schaue mich um. Ich kann nichts Verdächtiges erkennen. Ich bin schon dabei, die Praxis hinter dem nächsten Menschenpatienten wieder zu verlassen, als ich ein ganz leises Wimmern höre. Ich weiß sofort, irgendwo hier muss Carolyn sein und wahrscheinlich ist sie geknebelt und gefesselt. Wenn wir nicht so eng miteinander verbunden wären, hätte ich dieses Wimmern vermutlich überhört. Jetzt sind alle meine Schlüsselzähne auf Hochspannung gestellt.

Zum Glück hat sich auch Pedro inzwischen in die Praxis geschlichen. Wir finden Carolyn in einer halbvollen Zigarettenschachtel in einer halboffenen Schublade eines halbleeren Schreibtisches, an dem die Menschenärztin gerade ein Rezept für einen herzkranken Patienten ausstellt. Carolyn ist mit einem Metalldraht umwickelt und kann sich nicht bewegen. Sie scheint sonst unverletzt. Ihr fehlt offenbar kein Zahn, aber sie riecht furchtbar nach billigem Zigarettentabak, ein Geruch, den ich nicht ausstehen kann. Ich bringe sie zum Waschbecken, seife sie ein, spüle sie wieder gründlich ab und trockne sie mit einem Taschentuch, das ich mir von der Menschenärztin *borge*.

Nach dieser Prozedur, die Carolyn wortlos über sich hat ergehen lassen, schauen wir uns tief in die Augen und *umzahnen* uns einen kurzen Moment. Wir wissen Bescheid und brauchen keine Worte, um uns zu verstehen. Worte sind jetzt überflüssig, vielleicht sogar schädlich. In Carolyns Augen sehe ich auch die Wut, das dürfen wir uns nicht gefallen lassen. Das soll ich ihm heimzahlen.

Pedro und ich bringen Carolyn an einen sicheren Ort, wo sie niemand finden wird, und eilen zurück zum *Schlüsselbundhauptsitz*. Dort stehen inzwischen zahlreiche New Yorker Schlüsselpolizisten vor dem Eingang. In das Gebäude hinein dürfen sie nicht, denn es genießt extraterritorialen Status. Etwas weiter entfernt steht auch eine Gruppe von Schlüsselanhängern der ehemaligen *Schlüsselbundmitarbeiter*, die seit Jahren für eine gerechte Entschädigung der Mitarbeiter demonstrieren und auch gegen mich und Donatella gerichtete Plakate hochhalten. Ich habe mich über all die Jahre an den Anblick dieser Schlüsselanhänger gewöhnt, aber heute jagen sie mir irgendwie Angst ein. Ich habe ein ungutes Gefühl.

Pedro deutet mir an, seine Schicht ist gerade zu Ende gegangen. Seine Gewerkschaft ist da sehr streng. Er darf nicht eine einzige Überminute machen. Der zweite Wachschutz wartet inzwischen wohl vor meiner Wohnung und wundert sich, dass niemand da ist. Pedro hat versucht, Rodriguez, so heißt er, auf dem Handy zu erreichen, aber er meldet sich nicht. Pedro wird es weiter probieren, aber im Moment bin ich auf mich allein gestellt.

Ich gehe wieder in das Büro von Donatella und setze mich auf den Bürostuhl hinter ihrem Schreibtisch. Ihre Büroeinrichtung ist ganz neu, exklusiv und sehr teuer. Ich hatte damals die Möbel meines langjährigen Vorgängers in 20 Jahren nicht ersetzt. Ich kam aus dem Osten und der etwas abgewetzte Luxus meines neuen Büros, den ich an meinem ersten Diensttag als Generalsekretär vorfand, erschien mir immer noch tausend Mal besser als das, was ich aus den heruntergekommenen Altbauten in Prenzlauer Berg gewohnt war. Und später hatte ich weder Zeit noch Muße, meine Büromöbel zu erneuern. Von Donatella aber weiß ich, sie hat ihre Büroeinrichtung inzwischen zum dritten Mal gewechselt.

Seltsamerweise ist jetzt nur ein alter Wachschlüssel von früher da, der mich wiedererkannt und hereingelassen hat. Sonst ist niemand da, als ob alle anderen Schlüssel aus Angst vor einem Gewitter sich in den Keller zurückgezogen hätten. Ich schaue in Donatellas Schubladen nach, kann aber nichts finden. Es ist ja nur eine Pro forma-Suche, denn ich weiß, wo ich hinmuss. Streng genommen hätte ich dort, wo ich gleich hingehen werde, sofort hineilen müssen, aber mein Instinkt hat mir gesagt, in Donatellas Büro könnte ich vielleicht trotzdem auf etwas Wichtiges stoßen. Von meinem Bürostuhl – ich fühle ihn instinktiv wieder als meinen – lasse ich den Blick herumschweifen. An der Wand hängen zahlreiche Bilder von Donatella bei Begegnungen mit wichtigen Mitgliedern des *Schlüsselrates*. Ein Bild scheint vor kurzem abgehängt worden zu sein. An der Wand ist ein helles Rechteck zu sehen. Ich überlege kurz, mit wem Donatella auf dem fehlenden Bild abgebildet worden sein könnte. Es muss Ching Wang, der chinesische Landesvertreter sein, der Donatella und Walter Keystone in den letzten Wochen mit seiner Forderung nach einem zweiten Vetorecht im *Schlüsselrat* so genervt hat. Hat Donatella dieses Foto abgehängt, weil sie sich über Ching Wang geärgert hat oder gibt es einen anderen

Grund, weswegen das Foto nicht mehr da ist? Ich gehe zu der Stelle hin, wo das Foto gehangen hat. An der Wand sehe ich ein paar Kratzer, als ob das Bild mit Gewalt heruntergerissen worden ist. Das passt alles zu meinen Vermutungen, von denen ich Carolyn und Pedro erzählt habe. Ich habe keine Zeit mehr zu verlieren.

Ich renne auf meiner Schlüsselspitze zu dem Ort, wo sich dieser ganze Fall wohl endlich aufklären wird. Unterwegs treffe ich jedoch auf einen *Schlüsselbundmitarbeiter*, an den ich mich von früher her erinnere. Er lehnt sich lässig an die Korridorwand und ist einer der 500 Mitarbeiter, denen damals nicht gekündigt wurde. Sein Bruder jedoch gehörte zu den 9500 Mitarbeitern, die damals auf der Straße landeten. Ich weiß, dieser Schlüssel hasst mich abgrundtief für das, was ich in seinen Augen seinem Bruder angetan habe. Er blickt mich mit scheinbar teilnahmslosen Augen an, aber ich merke, auf diese Gelegenheit scheint er seit Jahren gewartet zu haben.

Du hast die Courage, dich hier nochmal blicken zu lassen, nach allem, was du getan hast, sagt er zu mir in einem hinterlistigen Tonfall, der mir Angst einjagt. Er duzt mich provokativ. Ich habe jetzt nicht den Mut, mich auf eine Auseinandersetzung mit ihm einzulassen, und will ihm ausweichen, doch er kommt direkt auf mich zu und haucht mich an. Obwohl ich als Generalsekretär des *Schlüsselbundes* gelernt habe, mich auch aus den peinlichsten Situationen herauszuwinden, will mir in diesem Moment kein Wort und erst recht kein *passendes* Wort einfallen. Ehe ich mich versehe, hat der Schlüssel mich an meinen Kopf geschlagen und will mir offenbar einen Zahn herausbrechen und mich damit zu einem Krüppel machen. Ich bin wie gelähmt und kann mich nicht wehren. Vielleicht ist dies die gerechte Strafe für das, was ich vor 15 Jahren nicht verhindern konnte. Während der Schlüssel auf mich einschlägt, erzählt er mir, was mit seinem Bruder passiert ist, dass er sich kurz nach seiner Entlassung in einen Gully geworfen hat und nur mit einer aufwändigen Suchaktion schließlich wieder aus der Kanalisation hervorgeholt werden konnte. Er befinde sich seit Jahren in einer Klinik für psychisch kranke Schlüssel und leide unter einer schweren *Schlüssion*. Ich würde mir, so der mich schlagende Schlüssel, gar keine Vorstellung machen, was diese Pein auch für die Familie bedeute. Es ist Rodriguez, der mich in letzter Sekunde rettet, bevor der Schlüsselschläger mir tatsächlich einen Schlüsselzahn herausgebrochen und ich für immer ein Invalide geworden wäre. Sorry, sagt

Rodriguez lapidar, dass ich nicht eher gekommen bin. Ich konnte keine freie Fahrkarte finden, die mich von deiner Wohnung hierhergebracht hätte, so dass ich schließlich *zu Spitz* kommen musste. Und am Eingang wollte man mir nicht glauben, dass ich zum Sicherheitsdienst gehöre, weil ich auf dem Foto des Dienstausweises noch einen Schlüsselbart trage. Es ist alles in Ordnung, sage ich mit schwacher Stimme, du bist gerade rechtzeitig gekommen. Komm, wir müssen weiter.

Als wir schließlich zum Büro von Walter Keystone gelangen, haben Rodriguez' detaillierte Erzählungen über seine ausgedehnten Liebesabenteuer meine Laune fast wieder hergestellt, obwohl ich weiß, dass mich die Geschichte des Bruders des Schlüsselschlägers noch eine ganze Weile mehr beschäftigen wird als die Schläge selbst.

Keystone sitzt lässig in seinem Bürostuhl und raucht eine Zigarre, obwohl das Rauchen im *Schlüsselbundgebäude* seit vielen Jahren streng verboten ist.

Wo ist Donatella?, herrsche ich ihn an. Er schaut mich an, als ob er von nichts wisse. Ich weiß, Walter spielt immer die große Unschuld, als ob er kein Wässerchen trüben könne, dabei hat er es faustdick hinter den Ohren.

Du wirst die Abstimmung über das Vetorecht der Chinesen nicht verhindern können trotz aller deiner Finten und Manöver. Ching Wang ist mindestens genauso ausgefuchst wie du. Mit den Chinesen ist nicht gut Kirschen essen. Das solltest du eigentlich wissen. Das Gerücht, dass die Wachschlüssel von Ching Wang Donatella entführen würden, um das Vetorecht der Chinesen durchzusetzen, war viel zu durchsichtig, als dass nicht du es gewesen sein musstest, der das Gerücht in die *Schlüsselbundwelt* gesetzt hat.

Na und, erwiderte Walter, trotzdem habe ich mit der Entführung von Donatella nichts zu tun. Das kannst du mir glauben.

Ich glaube ihm und stehe vor einem Rätsel. Wenn weder Ching Wang noch Walter Donatella entführt haben, wo ist sie dann?

Hast du das Foto mit Donatella und Ching Wang, das in ihrem Büro hing, gewaltsam an dich genommen, frage ich Walter.

Nein, erwidert er, aber ich sehe, dass er lügt. Ich gehe zu einem Stapel Papier auf seinem Schreibtisch – bei Walter sieht es immer chaotisch aus – und hebe ihn hoch. Darunter befindet sich das gesuchte Foto.

Was hat es mit dem Foto auf sich, frage ich ihn.

Ich kann Ching Wang einfach nicht leiden, erwidert er.

Rodriguez hat einen Anruf erhalten. Er zieht mich zur Seite und flüstert mir ins Ohr: Man hat Donatella gefunden. Es scheint ihr körperlich gutzugehen, aber sie steht unter Schock.

Wo ist sie jetzt, frage ich meinen Wachschlüssel.

Sie liegt auf dem Sofa in ihrem Büro.

Ich sage Walter nicht einmal Auf Wiedersehen und Rodriguez und ich eilen wieder durch die endlosen Korridore des *Schlüsselbundhauptsitzes*. Als wir im Büro der Generalsekretärin ankommen und ich Donatella auf dem schwarzen Sofa liegen sehe, schaut sie mich mit einem müden und verwirrten Blick an. Ich nehme einen Stuhl und setze mich zu ihr. Rodriguez bringt ihr ein Glas Wasser, das sie dankbar annimmt. Sie erzählt mir mit leiser Stimme die Geschichte ihrer *Entführung*:

Wie du weißt, komme ich aus einem kleinen Dorf in Süditalien und war die Schlüssel für einen Geräteschuppen, als mich der alte Bauer bei einem Spaziergang verlor. Ein junger deutscher Mann las mich auf und schenkte mich als Dekoration seiner Freundin, weil ich in seinen Augen so exotisch und romantisch aussah. So habe ich viele Jahre in einem Glasschrank, wo auch viel anderer

Nippes lag, in Deutschland verbracht, bevor ich auf einem Flohmarkt landete und ein amerikanischer Tourist mich für einen Euro kaufte und mit in die Staaten nahm. Den Rest der Geschichte kennst du.

Aber was ist dir passiert?, frage ich.

Den deutschen Mann, der mich damals aufgehoben hat, habe ich nie wieder gesehen, weil seine Freundin sich kurz darauf von ihm getrennt hat. Nur mich, die er ihr geschenkt hatte, hat sie behalten. Doch ich hatte einen Narren an ihm gefressen und habe immer gehofft, ihn eines Tages nochmal zu sehen. Ich weiß, Schlüssel sollen sich auf keinen Fall mit Menschen einlassen, weil das nur Unglück bringt, aber meine Liebe zu ihm war stärker als ich. Gestern habe ich ihn wiedergetroffen. Er ist alt und dick geworden, aber er erkannte mich wieder und wunderte sich, was ich so weit weg von meiner Heimat mache. Er wollte offenbar am nächsten Tag, also heute, nach Deutschland zurückkehren. Ich war hin und her gerissen, ob ich ihm dorthin folgen sollte oder nicht. Schließlich entschied ich mich, meine ganze Karriere, auf die ich so stolz war, aufzugeben und mit ihm nach Deutschland zu fliegen.

Ich seufze einen kurzen Moment, weil mir die Geschichte einfach ans Herz geht.

Du weißt, fährt Donatella fort, dass ich mit deiner Frau gut befreundet bin. Am Morgen meines Abflugs, also heute früh, bin ich zu ihr in die Praxis gegangen. Ich wollte mich wenigstens einer *Schlüsselseele* anvertrauen. Sie hat mir dringend davon abgeraten, meinen Plan in die Tat umzusetzen. Ich würde meine Entscheidung auf ewig bereuen. Doch ich wollte nicht auf sie hören, ich war besessen von meiner Liebe zu diesem Deutschen. Am Ende musste ich Carolyn fesseln, damit sie mich nicht verriet und mein Vorhaben vereitelte. Dann eilte ich zu dem Hotel, wo der Deutsche untergebracht war.

Wir waren bereits am Menschenflughafen, als ein kleiner mexikanischer Junge meinen deutschen Freund anrempelte. Ich flog aus seiner Hosentasche, ohne dass er es bemerkte, und lag hilflos auf dem Boden. Ich weinte bittere Tränen, als sein Flugzeug ohne mich abhob. Doch weil er seinen Verlust gar nicht bemerkt hatte, wurde mir plötzlich klar, dass ich mich in Deutschland nie wohlgefühlt, dass mein Freund mich nur als einen Gegenstand unter Tausenden betrachtet hätte. Carolyn hatte absolut recht gehabt. Ein Schlüsselpenner hat mir wieder auf die Spitze geholfen und ich bin mit einer Fahrkarte hierher ins Büro gefahren, obwohl ich mich lieber unter einer Brücke verkrochen hätte, *ma eccomi qui*, hier bin ich wieder, bereit meine Pflicht zu erfüllen und Carolyn tausend Mal um Verzeihung zu bitten, was ich ihr angetan habe.

Ich erzähle Donatella von der Gruppe mexikanischer Schlüssel, die von einer Entführung gesprochen hat. Sie lacht. Ja, das waren Jungs, die haben sich erst auf dem Menschenflughafen herumgetrieben. Ich habe mir bei ihrer Anwesenheit nichts gedacht. Ich hatte noch immer meine rosarote Brille auf und habe meinem Menschenfreund wohl ziemlich laut gesagt, ich ließe mich gerne von ihm verführen. Die Mexikaner müssen mich erkannt haben und statt verführen entführen verstanden haben. Dann sind sie zum *Schlüsselflughafen* gewechselt, der ja gleich um die Ecke liegt, und müssen aufgeregt über diese vermeintliche Entführung gesprochen haben, was dein Wachschlüssel Pedro dann aufgeschnappt hat.

Jetzt fange auch ich an zu lachen. Wir *umzahnen* uns tief und fest und weinen Tränen der Erleichterung. Als ich schließlich zu dem Versteck gelangt bin, wo Carlyn schon sehnsüchtig auf mich wartet, bringe ich ihr einen Strauß *Schlüsselblumen* mit, über den sie sich sehr freut. Ich sei ein Held, sagt sie.

# Wein

Wein kommt von *weinen* und ist eine Flüssigkeit, die aus Tränen besteht. Es gibt professionelle *Weinerinnen* und *Weiner*, die bis zu 200 ml Wein am Tag weinen können. Oftmals reizen sie ihre Tränendrüsen durch das Schneiden von Zwiebeln, aber auch das Anschauen von Beerdigungsfilmen ist eine bewährte Methode, um die Tränenflüssigkeit zum Fließen zu bringen. Jede *Weinerin* und jeder *Weiner* hat in dieser Hinsicht eigene Tricks, die oft von Generation zu Generation weitergegeben werden. Auf den *Weinflaschen*, die meist nicht weniger als 200 Euro die Flasche zu 100ml kosten, steht oft, aus echter Traurigkeit hergestellt, aber wie bei vielen anderen, vermeintlich genuinen Produkten darf man solche Behauptungen nicht allzu ernst nehmen. *Weinerinnen* und *Weiner* wissen nur allzu gut, echte Traurigkeit ist in ihrem Beruf eher hinderlich. Wer wirklich traurig ist, dem versiegen irgendwann die Tränen. Deshalb schwören viele *Weinerinnen* und *Weiner* auch zur Abwechslung auf Komödien der Marx Brothers oder von Monty Python, um sich zu Tränen zu lachen. Die *Weingewerkschaft* hat schon seit Jahren durchgesetzt, *Weinerinnen* und *Weiner* sollen nach drei Monaten Weinens einen ganzen Monat Urlaub bekommen, denn das Weinen ohne längere Pausen gilt als zehrende Tätigkeit. Viele *Weingeber* jedoch halten sich nicht an diese Abmachungen, so dass die meisten *Weinerinnen* und *Weiner* ihren Beruf bereits mit Anfang oder Mitte Vierzig aufgeben müssen, weil sie es einfach nicht mehr schaffen, auch nur noch eine Träne zu vergießen. *Weinerinnen* und *Weiner*, die 20 oder 25 Jahre fast ununterbrochen geweint haben, haben ein ganz erstarrtes Gesicht und führen meist ein einsames und zurückgezogenes Leben, weil sie auch nur noch selten lachen können. Die Bemühungen der Gewerkschaften, längere Urlaubsphasen und eine frühe Regelaltersgrenze durchzusetzen, haben bisher nur in Gebieten Erfolg gezeigt, wo die Gewerkschaften besonders stark sind. Trotz der Härte ihres Berufes sind *Weinerinnen* und *Weiner* stolz auf ihre Tätigkeit. Sie setzen eine Tradition fort, die sich nach ihrem Dafürhalten in den letzten 450 Jahren kaum verändert hat und die sich, wie schon gesagt, von einer Generation zur nächsten fortsetzt, wobei erwähnt werden sollte, *Weinerinnen* und *Weiner* haben selbst kaum Zeit, um an Nachwuchs denken zu können, sondern es sind oft ihre Nichten und Neffen, die in ihre Fußstapfen treten. In früheren Zeiten war es sogar üblich, schon zehnjährige Kinder zur Tränenproduktion anzuhalten, weil die Weinflüssigkeit von Kindern als besonders weich galt und sehr begehrt war.

Es hat in der Geschichte immer wieder Versuche gegeben, gepanschten Wein herzustellen, indem etwa Wasser zum Wein hinzugefügt, indem etwa Salz zu normalem Wasser gegeben oder auch indem einfach Salzwasser verwendet wurde. Es gab traditionell einen *Weinkoster*, der die Authentizität des Weins vorab mit der Zunge überprüfte, aber natürlich konnte diese immer männliche Figur auch bestochen werden, was im Laufe der Jahrhunderte zu zahllosen Auseinandersetzungen geführt hat. Berühmt geworden ist etwa der Prozess im Jahr 1789 gegen einen *Weinkoster* aus Ingolstadt, der über mehrere Jahrzehnte gewöhnliches Salzwasser als Wein deklariert und den echten Wein über Mittelsmänner nach München verkauft und damit ein Vermögen gemacht haben soll. Zur allgemeinen Empörung wurde der Mann freigesprochen, weil er wohl unter dem Schutz des damaligen Freisinger Fürstbischofs stand. Bis heute wollen die Gerüchte nicht verstummen, die Gelder aus diesem Betrug hätten auch bei der Neugründung der Automarke Audi in Ingolstadt nach dem Zweiten Weltkrieg eine entscheidende Rolle gespielt. Bewiesen werden konnte dieses

Gerücht trotz intensiver historischer Forschung bisher jedoch nicht.

Gepanschte Weine werden heute natürlich auf viel raffiniertere Weise hergestellt und unterscheiden lassen sie sich kaum noch von dem Original. Außer durch den Preis. Zudem macht den traditionellen europäischen *Weinerinnen* und *Weinern* die Konkurrenz aus Asien zu schaffen, deren Lohnkosten die ehedem nicht besonders hohen Löhne der europäischen *Tränerinnen* und *Träner*, wie sie auch genannt werden, noch deutlich unterbieten.

In früheren Zeiten haben sich die *Tränerinnen* und *Träner* durch drastische Darstellungen der Leiden Christi und des Prozessionsweges zu einer starken Weinproduktion anregen lassen. Oft zogen sich die *Weinerinnen* und *Weiner* in ein extra für sie hergerichtetes und abgedunkeltes Zimmer zurück, um auf einem schlichten Stuhl ihrer Tätigkeit nachzugehen. Sie hielten dabei ihren Kopf leicht nach vorne gebeugt, damit die Tränen direkt in eine kleine Blechschüssel tropften. Alle zwei, drei Stunden kam ein Neffe oder eine Nichte der *Tränerin* oder des *Träners* in das Zimmer und tauschte die Blechschüssel, deren Boden mit Tränenflüssigkeit bedeckt war, gegen eine neue aus, damit die *Weinerin* oder der *Weiner* die Arbeit nicht unterbrechen musste, denn wer einmal in einem guten Weinfluss war, reagierte sehr empfindsam auf eventuelle Störungen. Die Nichte oder der Neffe, die die Blechschüssel austauschten, mussten sich also auf Zehenspitzen in das Zimmer schleichen und die eine Blechschüssel gegen die andere auswechseln, ohne dass die *Tränerin* oder der *Träner* etwas von ihrer oder seiner Anwesenheit mitbekommen durfte. Die Nichte oder der Neffe, die diese Aufgabe zu verrichten hatte und die als die *Weinhelferin* oder der *Weinhelfer* bezeichnet wurde, war in vielen Fällen auch die- oder derjenige, die oder der später die Arbeit dieser Tante oder dieses Onkels übernahm. Im *Weinmuseum* in Ingolstadt ist ein solches traditionelles *Weinzimmer* nachgestellt worden und man sieht als Wachsfiguren eine *Weinerin* auf ihrem schlichten, unbequemen Stuhl und eine Nichte, die gerade die eine gegen die andere Blechschüssel austauscht. Selten noch habe ich eine so eindrückliche Nachstellung einer heute nicht mehr existierenden Wirklichkeit gesehen. Neben diesem traditionellen *Weinzimmer* befindet sich im anschließenden Raum die Darstellung eines *Weinzimmers* aus unserer heutigen Zeit. Der Stuhl der *Weinerin* ist durch einen bequemen Sessel ersetzt und vor ihr an der Wand hängt ein großer Monitor, auf dem sie sich ein Beerdigungsvideo anschaut. Auf einem kleinen Tisch neben dem Sessel liegen auch mehrere Zwiebeln und ein scharfes Messer.

Natürlich galt auch in früheren Zeiten, die *Weinerin* oder der *Weiner* musste sich immer stärkeren Tränenreizen aussetzen, um ihren oder seinen Tränenfluss am Morgen wieder in Gang zu setzen. Die Bilder in dem traditionellen Weinzimmer, das in Ingolstadt ausgestellt ist, sind denn auch von einer Grausamkeit, die auf den heutigen Menschen befremdlich, aber auch ein wenig naiv wirkt.

Wann genau die *Weinproduktion* entstanden ist, ist nicht überliefert, aber sie ist wohl aus einem Impuls der Gegenreformation geboren worden, als die katholische Kirche versuchte, durch spektakuläre Glaubensformen den Zuspruch der durch die Reformationswelle verunsicherten Stadt- und Landbevölkerung zurückzugewinnen. Offenbar hatte sie damit größeren Erfolg, als sie selbst erwartet hatte, denn die *Weinproduktion* breitete sich rasch in allen katholischen Ländern, aber vor allem in Italien, Spanien, Polen und Süddeutschland aus. Die *Weinproduktion* steht in engem Zusammenhang mit dem Marienkult, der von der katholischen Kirche ab der Gegenreformation ebenfalls stark forciert wurde. Wein wurde in der Vergangenheit fast ausschließlich während der Karfreitagsprozession verwendet, wenn die Marienstatuen durch die Stadt oder das Dorf getragen wurden. Um die Trauer der Mutter Maria über den Tod ihres Sohnes so authentisch wie möglich darzustellen, besaßen die Marienstatuen in ihrem Inneren einen Hohlraum, in dem sich eine *Weinhelferin* oder ein *Weinhelfer* verstecken konnte. Sie oder er hatte mehrere Flaschen Wein dabei und die Aufgabe, während der Prozession für einen leichten, aber steten Fluss an Tränenflüssigkeit aus den Augenwinkeln der Statue zu sorgen, in denen zu diesem Zweck jeweils ein kleines Loch angebracht war. Man kann sich vorstellen, die korrekte Ausübung dieser Tätigkeit, die oft mehrere Stunden andauerte, erforderte viel Geschick und Ausdauer und es kam dabei öfters zu Pannen, die dann für lange Zeit Gesprächsstoff bildeten bei der lokalen Bevölkerung. Auch eine solche Marienfigur mit einem Hohlraum im Inneren für die *Weinhelferin* oder den *Weinhelfer* ist in dem Museum in Ingolstadt zu sehen. Es ist aus heutiger Sicht erschreckend, wie wenig Platz dieser junge Mensch in der Statue hatte. Es muss einer Tortur gleichgekommen sein, sich stundenlang in dieser Enge aufzuhalten und dabei diese gleichmäßige Tätigkeit des *Tränen Vergießens* der Statue zu verrichten, aber es sind in den historischen oder literarischen Quellen keine Schilderungen dieser Tortur überliefert. Zu jener Zeit galten die Leiden von Kindern oder Jugendlichen noch als eine Nebensächlichkeit, die man nicht zu erwähnen brauchte. Man denke in diesem Zusammenhang nur an die Schilderungen von Kinderarbeit in den englischen Fabriken, die Friedrich Engels noch Mitte des 19. Jahrhunderts gab. In Deutschland und in anderen katholischen Ländern wurde Kinderarbeit im Laufe des 19. Jahrhunderts verboten. Es sind zahlreiche Klagen darüber bis in unsere Tage gekommen, die neue Gesetzgebung mache die Fortführung der *Weinproduktion* und der Karfreitagsprozession unmöglich. Kein Wort steht in diesen Dokumenten über das Leiden der Kinder und Jugendlichen, das mit diesen Maßnahmen beendet werden sollte. Auch in den Parlamentsreden der Gegner der Kinderarbeit taucht diese Frage nicht auf, weil sie wohl als ein Randphänomen gegenüber der Kinderarbeit in den Fabriken angesehen wurde. Es ist nur dem Einwirken des mutigen und human gesinnten liberalen Reichstagsabgeordneten Wilhelm Körner zu verdanken, dass in dem Arbeitsschutzgesetz von 1891, mit dem Kinderarbeit unter 13 Jahren verboten wurde, in einem Neben-satz auch diese Ausbeutung von Kindern bei der Karfreitagsprozession erwähnt und mit Kinderar-beit gleichgestellt wurde.

Zwar brach in vielen katholischen Gemeinden nach der Verabschiedung dieses Gesetzes und dem Bekanntwerden des darin enthaltenen Ne-bensatzes ein Sturm der Entrüstung los, es sind auch zahlreiche Verstöße gegen dieses Verbot in den von mir konsultierten Strafprozessakten vom Ende des 19. Jahrhunderts bis in die Jahre der Weimarer Republik vermerkt, aber insgesamt scheint man sich im Laufe der Jahre mit diesen neuen Zuständen arrangiert zu haben. Es etab-lierte sich, dass zwar die Marienstatuen mit ihrem Hohlraum überwiegend beibehalten wurden, aber hinter der von verschiedenen Männern ge-tragenen Statue lief ein junger Mann hinterher, der mit Hilfe einer kleinen mechanischen Pumpe und eines dünnen Schlauches, der von innen zu den Augenwinkeln der Madonna führte, diese *zum Weinen* brachte. In unseren heutigen Tagen erfolgt das *Weinen* vollautomatisch durch einen kleinen, weitgehend lautlosen Elektromotor, der im Inneren der Statue installiert ist.

Im Laufe der zweiten Hälfte des 19. Jahrhunderts entstand noch ein weiterer Trend, der die

*Weinproduktion* nachhaltig verändern sollte. So wie man ein Bewusstsein für den kulturellen Wert etwa des Baumkuchens oder der Kuckucksuhr entwickelte, so wurde auch die *Weinproduktion* bald als etwas typisch Deutsches angesehen, selbst wenn sie zu jener Zeit auch in Italien und Spanien weitverbreitet war. Zunächst wurde noch der religiöse Rahmen dieses Brauchtums gewahrt, aber mit dem Beginn des 20. Jahrhunderts und der Durchsetzung der modernen Massengesellschaft suchte man zwar Halt in der Besinnung auf alte Traditionen, doch deren kultischer Inhalt ging im Bewusstsein der Menschen immer mehr verloren. Es wurde also auch bei den Protestanten Mode, sich ein Tränenfläschchen in das Regal oder auf die Anrichte zu stellen und den Gästen dieses Souvenir mit großem Stolz zu präsentieren. Mit anderen Worten: Wein wurde zu einem Statussymbol. Auf diese Weise ist die Nachfrage nach Wein, die bisher vor allem einen lokalen oder regionalen Markt bedient hatte, enorm in die Höhe geschnellt, weil plötzlich jeder ein solches Fläschchen haben wollte. Es entstand eine wahre *Weinindustrie*, bei der zunehmend Investoren aus den großen Städten den Ton angaben. Das bisher in Eigenregie ausgeführte *Weinen* wurde zu einer Lohnarbeit. Es gab *Weingeber* und *Weinnehmer*, die sich zunehmend als Antagonisten gegenüberstanden. Die *Weinerin* oder der *Weiner* musste jetzt Leistung erbringen, sie oder er musste einen Ertrag liefern. Die *Weingeber* pflegten natürlich weiterhin das traditionelle Image der *Weinerin* und des *Weiners*, weil das in ihrem Verkaufsinteresse lag, aber das hatte mit der neu entstandenen Wirklichkeit kaum mehr etwas zu tun. Die *Weingeber* ließen aufwändig gestaltete Aufkleber für den Wein produzieren, um diesen Fläschchen einen Retroflair zu verleihen, den sie in dieser Form nie besessen hatten.

Je mehr sich das vor kurzem gegründete Deutsche Reich zudem gegenüber der Welt öffnete, desto mehr wurde der Wein auch zu einem Exportschlager, der er bis heute geblieben ist. Vor einigen Jahren ist der *Tränenwein* sogar in die Liste des immateriellen Kulturerbes der Menschheit aufgenommen worden, was die Verkaufszahlen nochmal deutlich in die Höhe getrieben hat. Vor allem in Japan und China gilt ein *Weinfläschchen* inzwischen als ein Andenken, das man von einer Europareise zwingend mitbringen muss. Schätzungsweise ist jedoch nur etwa zehn Prozent der Produktion echt, denn sonst müsste vermutlich die Hälfte der Europäer ihr ganzes Berufsleben lang weinen, was nach Ansicht einiger Arbeitspsychologen für eine begrenzte Zeit am Tag gar nicht mal schlecht wäre, um dem immer weiter steigenden Druck auf dem Arbeitsmarkt entgegenzuwirken.

Auch heute noch gibt es Karfreitagsprozessionen, bei denen die Madonna echte Tränen weint, selbst wenn viele katholische Gemeinden aus Kostengründen inzwischen darauf verzichten. Manche Lokalunternehmer jedoch übernehmen die *Weinkosten*, weil sie sich davon einen erheblichen Prestigegewinn erhoffen, was in vielen Fällen sicherlich auch zutrifft.

Es ist jedoch ungewiss, ob sich der Beruf der *Tränerin* und des *Träners* noch lange halten wird, da die meisten Käufer nicht bereit sind, den extrem hohen Preis für eine echte Tränenflasche zu bezahlen. Hinzukommt, die allermeisten *Weinerinnen* und *Weiner* werden weiterhin stark ausgebeutet, so dass sie, wie schon erwähnt, mit Anfang oder Mitte Vierzig eine Erwerbsunfähigkeitsrente beantragen müssen. Die Rentenversicherungen wehren sich aber zunehmend dagegen, dass die Kosten dieser Ausbeutung auf die Rentenkassen abgewälzt werden. Zudem ist ein zunehmender Teil der europäischen Öffentlichkeit der Meinung, die Arbeit der *Weinerinnen* und *Weiner* sei unmenschlich und gehöre grundsätzlich verboten.

Es muss hier auch gesagt werden, im Laufe dieses Aufsatzes habe ich zwar immer wieder von *Weinerinnen* und *Weinern* gesprochen, aber der Anteil der Männer in dieser Arbeit hat nach übereinstimmenden Untersuchungen in verschiedenen Ländern wohl nie den Wert von 20 Prozent überstiegen. Manche Anhänger der traditionellen *Weinproduktion* behaupten, sie sei ein seltenes Beispiel aus vorindustrieller Zeit, bei dem Frauen als gleichberechtigte Familienernährerinnen fungiert hätten. In meinen Augen hingegen ist die traditionelle *Weinproduktion* und deren kapitalistische Fortsetzung in der Gegenwart eher ein weiterer Beleg dafür, wie im Namen von religiösen und wirtschaftlichen, aber auch politischen oder sexistischen Interessen die Würde vor allem der Frauen und der Kinder mit Füßen getreten wurde und wird. Wer also eine Flasche Wein kauft und sie als Trophäe in seinem Wohnzimmer ausstellt, alimentiert ein System, das auf Unfreiheit und Ausbeutung basiert. Ich habe großen Respekt vor den Leistungen der *Weinerinnen* und *Weiner* und trotzdem hoffe ich, unsere Arbeitswelt wird in Zukunft weniger auf Tränen und mehr auf Anerkennung, Zufriedenheit, Schönheit und auch Lachen gründen. Und auf einem gerechten Lohn.

# Rückgang

*Der neue Botschafter an der deutschen Botschaft in Rückland berichtet nach Berlin:*

Alle Menschen laufen hier rückwärts, stoßen aufeinander, fallen in Gruben, aber für die Menschen ist es trotzdem ganz normal. Sie können dabei lesen, auf ihrem Smartphone tippen, essen und trinken, haben also viel mehr Zeit für sich. Das Rückwärtsgehen geht auf ein königliches Dekret von vor 200 Jahren zurück und dieser König ist einer der großen Helden des Landes. Es gibt eine Statue von ihm, wo er lesend rückwärtsgeht. Meistens wird diese Statue von hinten fotografiert, so wie die meisten Menschen sich von hinten fotografieren und sich auch am Rücken und Hinterkopf erkennen. Der König, der ein bisschen verrückt war, ist in jungen Jahren beim Rückwärtsgehen in einen Fluss gefallen und ertrunken, da das Wasser sehr kalt war. An seinem Todestag, dem 17. Januar, springen noch heute viele junge Menschen rückwärts in einen eiskalten Fluss oder See. Wer dabei ertrinkt, gilt als Held und seine Familie bekommt eine lebenslange großzügige Rente. Manch einer hat sich schon mit Absicht auf diese Weise umgebracht, um seine Familie abzusichern. Es soll auch Fälle von Betrug gegeben haben, aber das sind böse

Stimmen, die dem Land seine Einzigartigkeit nicht gönnen. Es gibt ein paar asoziale Wesen und vor allem Ausländer, die sich den Sitten des Landes nicht anpassen wollen, aber sie haben einen schweren Stand und niemand will mit ihnen etwas zu tun haben. Alles in dem Land wird zu Fuß erledigt. Waren werden auf Holzkarren transportiert, die manchmal von 5-6 Männern rückwärts gezogen werden. Da Pferde nur schlecht rückwärtsgehen können, kommen sie für den Transport von Waren nicht in Frage. Über den Orennerb, den einzigen Zugang zu diesem von Bergen eingeschlossenen Land, werden die importierten Waren aus dem Ausland per Lastenträger in die Hauptstadt Angolob oder in andere Städte gebracht.

Auch die Diplomaten müssen sich den Gepflogenheiten des Landes anpassen, weswegen sie nur ungern in das Land kommen, denn um sicher rückwärtsgehen zu können, muss man es von klein auf lernen. Man darf vor allem keine Angst haben zu stolpern oder in ein Loch zu fallen. Wenn es einem passiert, muss man es als Schicksal hinnehmen. Die Krankenhäuser sind voll mit Verletzten und die Todesursache Nummer eins sind Unfälle wegen des Rückwärtsgehens, aber das scheint die Menschen wenig zu scheren. Es gehört aber auch zur Etikette, dass derjenige, der vor einem geht, einen darauf hinweist, wenn man irgendwo stolpern oder fallen könnte. An bekanntermaßen schwierigen Stellen stehen auch Aufpasser, die einen warnen. Die Menschen sind so trainiert, sich auch in Momenten höchster Gefahr nicht umzudrehen. Wer es dennoch tut, wird sozial geächtet. Schon ab dem Alter von sechs Jahren muss jedes Kind gelernt haben, fehlerfrei rückwärts zu gehen.

Auch beim Militär müssen die Soldaten rückwärts marschieren und nach hinten schießen. Es werden immer wieder Schießwettbewerbe bis ins hohe Alter organisiert, so dass die Schützen des Landes weithin gefürchtet sind. Da die Soldaten die Gefahren des Rückwärtslaufens gewohnt sind, haben sie keine Angst vor ihrem Gegner, so dass sie auch deswegen als sehr tapfer und fast unüberwindbar gelten. Auf ihrem Rücken tragen sie einen schusssicheren Panzer, so dass man sie nur stoppen kann, indem man ihnen in die Beine schießt. Trotzdem sind die Bewohner des Landes ein friedliebendes Volk und die Tapferkeit seiner Armee sorgt nur dafür, dass man das Land in Ruhe lässt.

Auch im Kino oder im Theater schaut man nicht auf die Leinwand oder auf die Bühne. All diese

Dinge führen dazu, dass die Menschen sich vor allem auf ihr Gehör verlassen und nicht so sehr auf ihre Augen. Viele Menschen scheinen außerdem eine Art sechsten Sinn zu haben, der wie eine Art Auge im Hinterkopf funktioniert. Manche Wissenschaftler spekulieren, die Bewohner des Landes hätten eine Art genetische Befähigung, rückwärts zu laufen. Die Regierung fördert diese Untersuchungen, die bisher noch keinerlei Ergebnis gezeigt haben, mit viel Geld. Man muss sich die Bewohner des Landes als mittelgroße Menschen mit einem breiten Kreuz und kräftigen Beinen vorstellen. Kaum einer der Bewohner des Landes hat Übergewicht. Sie sind alle gut trainiert, weil sie viel zu Fuß laufen und viele Dinge selbst tragen müssen.

Die Menschen kennen sich kaum von Angesicht, aber sie haben nicht nur, wie schon erwähnt, ein sehr feines Gehör, sondern auch einen exzellenten Geruchssinn. Auch ihre Sprache ist sehr fein, selbst wenn sie kompliziert und schwer zu lernen ist. Da die Rückländer sich kaum anschauen und die meisten Tätigkeiten für sich allein unternehmen, gelten sie als eines der individualistischsten Völker der Welt. Auf dem Arbeitsplatz, sei es im Büro oder in der Werkstatt, arbeitet jeder für sich allein und es ist verpönt, jemandem bei der Arbeit ins Gesicht zu schauen. Auch beim Essen, sei es zuhause oder in einem Restaurant, gibt es keinen gemeinsamen Esstisch, sondern man sitzt mit dem Rücken zu seinem Nachbarn oder Familienmitglied und stellt den Teller auf einen kleinen individuellen Tisch. Die Menschen sitzen also dort, wo sonst ein europäischer Tisch stünde, und um diese Sitze herum befinden sich je nach Sitzgruppengröße, vier, sechs oder acht kleine Tische, an denen jeder einzeln isst.

Es gibt in *Rückland* auch keine Autos und keine Autostraßen. Ein forscher Unternehmer will das allerdings ändern und im Parlament und überall sonst gibt es seit Wochen kein anderes Thema, ob die Autos auch rückwärtsfahren sollen oder nicht. Viele regen sich darüber auf, weil sie erfahren haben, die importierten Autos würden nur *einen* Rückwärtsgang haben, und bis eine heimische Industrie aufgebaut sei, werde es noch Jahrzehnte dauern. Andere argumentieren, ein Auto, das mit hoher Geschwindigkeit rückwärtsfährt, sei viel zu gefährlich, aber diese Stimmen werden kaum gehört, weil die ganze Nation vom Autofieber gepackt ist. Alle wollen plötzlich ein Auto haben. Bis hier jedoch ein Auto fährt, wenn hier denn je eins fahren wird, müsste erst eine Straße über oder durch die Berge gebaut werden, die, wie weiter oben schon berichtet, das Territorium von *Rück-land* von allen Seiten eingrenzen. Außerdem müsste erst ein Straßennetz entstehen, auf dem die Autos fahren könnten. Das Thema Auto ist im Moment also mehr ein Scheinthema, dessen Verwirklichung noch in ferner Zukunft liegt.

Der Ministerpräsident heißt Nesie Grög, d. h. sein Vorname steht an zweiter Stelle, weil man in diesem Land eben nicht nur rückwärtsgeht, sondern auch alle Wörter werden von hinten nach vorne gesprochen, was für einem Ausländer anfangs eine kaum zu überwindende Schwierigkeit erscheint. Der Ministerpräsident ist ein sehr alter Mann und schon seit einem halben Jahrhundert im Amt. Er weiß, es wäre bis zu einem Autoland noch ein weiter Weg und trotzdem scheint er zu befürchten, Autos würden das Land kaputt machen. Er hat daher zu einem Trick gegriffen, um die ganze Debatte nicht noch weiter ausufern zu lassen: Wer ein Auto besitzt, muss eine Unfallversicherung abschließen und keine Versicherung der Welt ist bereit, eine Versicherung für Rückwärtsfahrer abzuschließen, denn diese wollen selbstverständlich beim Fahren nicht nach hinten schauen. Durch diesen Trick, erhofft sich Nesie Grög, wird die Lust auf ein Auto langsam verebben und alles wieder seinen gewohnten Gang gehen, aber gerade unter den jungen Leuten macht sich Unmut über den uralten Ministerpräsidenten und seine Regierung breit. Eine Gruppe junger Studenten hat dieser Tage eine große Provokation gewagt und ist mitten auf der Hauptstraße vorwärtsgegangen. Die Aktion hat für großes Aufsehen gesorgt. Alle Zeitungen berichten auf der ersten Seite davon. Alle verurteilen die Aktion. Die jungen Studenten werden an den Pranger gestellt, einige müssen sich im Ausland in Sicherheit bringen, andere bereuen öffentlich ihre Tat, die standhafteste Protestlerin hat man unter einem Vorwand in eine Irrenanstalt gesteckt und man wird vermutlich nie wieder etwas von ihr hören. Der Ministerpräsidenten aber wird älter und älter und scheint dennoch immer noch bei bester Gesundheit zu sein. Manche schlagen bereits vor, ihm eine Statue wie für den berühmten König zu errichten.

*Etwa in derselben Zeit schreibt der Botschafter an seinen Bruder Johannes in Bottrop:*
Es war ein Gewaltmarsch, in dieses Land zu kommen. *Rückland* hat weder einen Flughafen noch einen Bahnhof noch ein asphaltiertes Straßennetz, d. h. man erreicht es nur zu Fuß über einen schmalen Bergpass. Der Aufstieg ist ja noch zu

bewältigen, weil man wie gewohnt, vorwärtsgehen kann, aber ab der Grenze, die den schön klingenden Namen Orennerb trägt, zwingen einen die *rückischen* Grenzbeamten rigoros dazu, rückwärtszugehen. Du kannst dir vorstellen, das ist bei dem steilen Abstieg ins Tal eine ziemlich gefährliche Sache. Es war zum Glück extra jemand aus der Botschaft zur Grenze gekommen, der mir immer wieder unter den Arm gegriffen hat. Sonst wäre ich sicherlich einige Male in den Abgrund gestürzt. Unterwegs wurden wir ständig von irgendwelchen Lastenträgern überholt, die in einem Affentempo rückwärtsliefen und allerlei Waren ins Land bringen. Nach etwa drei Stunden, in denen ich oft Höllenängste auszustehen hatte, sind wir schließlich in Angolob, der Hauptstadt von *Rückland* angekommen. Bis zur Türschwelle der Residenz, die sich etwas außerhalb des Zentrums liegt, bin ich mehr strauchelnd als sonst was rückwärtsgelaufen, aber im Gebäude, das ja schließlich diplomatische Immunität genießt, bin ich sofort wieder in den Vorwärtsgang gewechselt. Meine Begleitung, eine Ortskraft, die schon seit vielen Jahren für die deutsche Botschaft arbeitet und ein passables Deutsch spricht, hat mir einen tadelnden, aber auch resignierten Blick zugeworfen, weil ich mich so offensichtlich den

Landessitten widersetzte. Ich hätte den Mann in dem Moment anschreien können und Schlimmeres, weil ich von der ganzen Anstrengung sehr ermüdet war, aber ich habe mich beherrscht. Mit all meiner inneren Kraft habe ich die Ortskraft angelächelt und Besserung versprochen. Er hat mich dankbar angeschaut, als ob er von meinen Vorgängern bei weitem nicht eine solche Höflichkeit gewohnt gewesen ist. Ich habe mir, glaube ich, mit meinem Lächeln sein Wohlwollen erworben.

Da der Transport schwerer Möbel über den Orennerb, den einzigen Zugang nach *Rückland*, nicht möglich ist, muss ich mit den Möbeln meiner Vorgänger vorliebnehmen. Über deren unmöglichen Geschmack will ich mich hier gar nicht auslassen, weil ich sonst noch Tage mit dem Verfassen dieses Briefes beschäftigt wäre. Du weißt, ich bin ein pragmatischer Mensch und kann mich rasch an widrige Verhältnisse anpassen und unpassende Möbel sind eigentlich nur ein Scheinproblem.

Vom *Rückischen* verstehe ich bisher kaum ein Wort. Ich kann gerade mal guten Tag und wenig anderes sagen. Man begrüßt sich mit einem *onroig noub*, wenn man sich auf der Straße trifft. Du musst zugeben, das ist eine sehr seltsame Sprache, die mit unseren europäischen Sprachen nichts gemein hat. Die ersten beiden Tage nach meiner Ankunft war ich stark deprimiert, weil ich dachte, an ein solches Land kann man sich einfach nicht gewöhnen. Die Ortskraft, die mich an der Grenze abgeholt hat, kennt solche Zustände bei Neuankömmlingen offenbar. Er hat mir gesagt, viele würden sich in den drei, vier Jahren, die sie hier auf Posten seien, nie von dieser Depression befreien. Irgendwie hat das meinen Ehrgeiz angestachelt, nicht wie die anderen zu sein, sondern diese Herausforderung mit all meinen Kräften anzunehmen. Und seit ein paar Tagen zeigen sich erste Erfolge. Die Ortskraft lobt mich sehr, was ich in so kurzer Zeit für Fortschritte beim Rückwärtsgehen gemacht hätte. Du weißt, schon als kleiner Junge hat es mir Spaß gemacht, im Garten unserer Eltern rückwärts zu laufen. Ich werde also von Tag zu Tag zuversichtlicher, denn auch die Menschen hier, wenn sie sehen, dass man sich bemüht, sich ihren Gewohnheiten anzupassen, sind von einer bezaubernden Freundlichkeit. Fast habe ich mich schon ein bisschen verliebt in *Rückland*.

Dir hingegen möchte ich diese Strapaze des Rückwärtsgehens nicht zumuten, weil es eine gewaltige Umstellung für dich wäre, zu der du, wie ich meine, nicht in der Lage wärst, ohne deine Gesundheit und dein Leben womöglich ernsthaft in

Gefahr zu bringen. Entschuldige bitte diese Offenheit oder *azzehcnarf,* wie man hier sagt, aber ich möchte dich aus diesem Grund bitten, von einem Besuch abzusehen, solange ich hier auf Posten bin.

*Nach etwa zwei Jahren schreibt der Botschafter an seinen Bruder:*
Da ich inzwischen fast so sicher rückwärtsgehe wie ein Einheimischer, nehmen die Rückländer mich hier immer mehr als Ihresgleichen wahr, was bei Diplomaten in dem Land sonst nur selten der Fall ist, und sie vertrauen mir Dinge an, die ein Ausländer sonst nie erführe. Für meine Zentrale in Berlin aber entwickele ich allmählich zu viel Feingefühl für *Rückland* und man wollte mich schon in Kürze wieder versetzen, aber es findet sich einfach niemand, der bereit ist, in das Land zu kommen, und so bleibe ich vorerst. Meine Freundin, die hier geboren und aufgewachsen ist, heißt Annavoig. Sie ist übrigens eine Nichte der Ortskraft, die mich damals bei meiner Ankunft am Orennerb, also an der Grenze, abgeholt und zu der sich inzwischen ein fast freundschaftliches Verhältnis entwickelt hat. Gerade in den Anfangsmonaten ist diese Ortskraft eine unermüdlich sprudelnde Quelle über die Zustände in

*Rückland* gewesen. Er heißt Irassadlab Otaner. So wie ich hohen Respekt vor ihm habe, so scheint auch er mich für einen ziemlich ungewöhnlichen Botschafter zu halten, über den er angeblich deutlich weniger lästert als über meine Vorgänger.

Ich habe meine Freundin Annavoig wenige Wochen, nachdem ich hier eingetroffen war, beim alljährlichen Weihnachtsempfang für das Botschaftspersonal und deren Angehörige kennen gelernt und wir haben uns rasch angenähert. In zwei Wochen werden wir heiraten. Sie erwartet Zwillinge. Sie war bestürzt, als wir erfuhren, ich könnte bald versetzt werden, denn ein Leben im Ausland kann sie sich nicht vorstellen. Das ist ein allgemeines Problem in diesem Land, kaum jemand will ins Ausland gehen, weil man Angst vor der großen Umstellung hat, die ein solcher Umzug bedeuten würde. Du merkst also, *Rückland* ist ein sehr verschlossenes und eigensinniges Land, aber vielleicht ist das gerade der Grund, weswegen ich es so in mein Herz geschlossen habe.

Ich muss dir auch sagen, an die sexuellen Gewohnheiten des Landes musste ich mich erst gewöhnen. Da die Menschen große Scheu haben, einander anzusehen, reiben sie sich beim Geschlechtsverkehr lange Rücken an Rücken, bis sie sich kurz vor dem Höhepunkt dann doch einander zuwenden. Diese Zuwendung gilt hier aber als Zeichen größter Intimität, die man vor der ganzen Welt lieber geheim hält.

*Drei Monate später macht der Botschafter folgende Mitteilung an das Auswärtige Amt:*
Ich unterrichte die Zentralabteilung hiermit davon, meine Frau Annavoig Sternthaler, geborene Irassadlab, hat am 10. Mai dieses Jahres zwei gesunde Töchter auf die Welt gebracht. Deren Namen lauten Akinom und Airam Sternthaler. Die Geburtsurkunden mit beglaubigter Übersetzung liegen diesem Schreiben bei. Ich bitte um die Erteilung der Kinderzulage für meine beiden Töchter in Höhe von je…

*Fünf Jahre später schreibt der Botschafter an seinen Bruder Johannes:*
Ich gelte hier inzwischen als *der* große ausländische Experte für *Rückland.* Man sucht überall meinen Rat, den ich auch gerne erteile. Obwohl ich hier eine so wertvolle Arbeit leiste, will das Amt mich hier lieber früher als später weghaben, weil sie in Berlin Angst haben, ich könnte mir die Mentalität des Landes zu sehr zu eigen machen. Es stimmt natürlich, ich bin inzwischen fast ein Rückländer geworden. Ich kann mir ein Leben, in

dem ich vorwärtsgehen müsste, kaum noch vorstellen, obwohl ich neulich fast in eine Grube gefallen wäre und mir das Genick gebrochen hätte. Diese Episode und die stoische Ruhe, mit der ich sie hingenommen habe, haben meine hiesigen Bekannten und Freunde nur noch mehr davon überzeugt, dass ich einer der Ihren bin. Es fällt mir auch zunehmend schwerer, einen geschriebenen Text, von links nach rechts zu lesen, weil hier ja die Gewohnheit herrscht, alle Wörter von hinten nach vorne zu lesen. Wenn man sich einmal an diese Tatsache, die in den ersten Monaten meines Aufenthalts noch sehr irritierend war, gewöhnt hat, ist das *Rückische* unseren europäischen Sprachen eigentlich sehr ähnlich. Die Frage, ob Links- oder Rechtsverkehr zwischen Kontinentaleuropa und Großbritannien ist schließlich auch nur eine Sache der Gewohnheit. Akinom und Airam werden nächstes Jahr auf die Grundschule gehen. Sie sind beide recht artige und liebevolle Kinder, die uns wenig Sorgen bereiten. Als ich jedoch am Anfang versucht habe, mit ihnen Deutsch zu sprechen, haben sie sich wie wild dagegen gesperrt, als ob ich ihnen Gewalt antäte. Seitdem sprechen wir zuhause nur noch *Rückisch*. Ich spreche die Sprache inzwischen ziemlich gut, aber Annavoig nimmt mich gerne auf die Schippe, weil ich manche Wörter mit dem falschen Akzent spreche. Annavoig und ich haben eine sehr schöne und entspannte Beziehung. Unser einziger Streitpunkt, der aber nicht geringfügig ist, ist, sie will nicht, dass ich wieder zurück nach Berlin oder in ein anderes Ausland versetzt werde. Diese Tatsache bedeutet auch für mich ein Damoklesschwert über unserem Glück, doch solange hier das Rückwärtsgehen die Norm ist, wird sich niemand finden, der bereit ist, hier tagtäglich sein Leben zu riskieren.

*Drei Jahre später berichtet der Botschafter nach Berlin:*
Man bereitete sich gerade groß auf den 100. Geburtstag des Ministerpräsidenten Nesie Grög vor, als eine Urenkelin des Ministerpräsidenten vor einer Woche dabei fotografiert wurde, wie sie mit ihrem Freund im Garten des Ministerpräsidentenpalastes vorwärtsgeht. Der Fall sorgt für einen noch größeren Skandal als vor einigen Jahren der Protest der Studenten, die auf der Hauptstraße vorwärtsliefen. Der Ministerpräsident musste vor fünf Tagen zurücktreten und ist vorgestern aus Gram über sein unrühmliches politisches Ende gestorben. Die Menschen sind auf einmal wie befreit, sie laufen alle kunterbunt durcheinander

und liegen sich in den Armen, was in diesem Land bisher eine unerhörte Begebenheit gewesen ist, die von praktisch niemandem praktiziert wurde und erst recht nicht in der Öffentlichkeit. Es ist auch allen egal geworden, ob sie rück- oder vorwärts laufen. Die Ereignisse dieser Tage werden das Land von Grund auf verändern und das Leben hier in eine vollkommen neue Richtung stoßen. Auch wenn diese Revolution – und als solche muss man sie bezeichnen – für die meisten vollkommen unerwartet kommt, ist sie für den genauen Beobachter der hiesigen Verhältnisse doch nicht wirklich eine Überraschung: In den vergangenen Jahren hat sich in *Rückland* immer mehr der Einfluss des Auslands bemerkbar gemacht. Man ist sich plötzlich rückständig vorgekommen und hat angefangen, den Rückgang als einen Makel zu betrachten, von dem man sich befreien musste. Dass die Enkelin des zurückgetretenen Ministerpräsidenten dabei fotografiert wurde, wie sie vorwärtsgeht, ist eigentlich nichts Ungewöhnliches mehr, d. h. im Privaten, in ihren eigenen vier Wänden laufen inzwischen viele Bewohner des Landes vorwärts, weil das einfach bequemer und sicherer ist. Dass diese Gewohnheit aber auch in den allerhöchsten Sphären angekommen ist, war für viele dennoch ein Schock *und* gleichzeitig ein Befreiungsschlag.

Zur Nachfolgerin des zurückgetretenen und inzwischen verstorbenen Ministerpräsidenten ist die Protestlerin gewählt worden, die man vor Jahren wegen ihres Vorwärtsgehens in eine psychiatrische Anstalt gesteckt hatte. Ihr Name lautet Rosa Di Giovanni. Manche Politiker aus dem ehemaligen Regierungslager nennen sie noch bei ihrem Geburtsnamen, Innavoig Id Asor, den sie erst in diesen Tagen ablegen konnte. Frau Di Giovanni hat sich durch ihre Standfestigkeit den Ruf hoher moralischer Integrität erworben, was vielleicht ihr größtes Kapital ist. Sie verfügt jedoch über keinerlei Erfahrung in politischen Ämtern und wird es schwer haben, sich gegen einen Staatsapparat durchzusetzen, der noch fast vollständig aus Anhängern der alten Machthaber besteht.

*An seinen Bruder schreibt der Botschafter in denselben Tagen:*
Du kannst dir nicht vorstellen, was dieser Skandal für einen Umbruch bewirkt. Akinom und Airam wollen plötzlich Monika und Maria heißen und auch Annavoig überlegt sich, ob sie ihren Namen ändern soll. Was gestern noch als unumstößliches Gesetz galt, an das sich fast alle ausnahmslos

gehalten haben, wird heute auf die Mülldeponie der Geschichte geworfen. Mir persönlich gehen all diese Veränderungen viel zu schnell. Ich weiß jetzt schon, ich werde mein altes und gemütliches *Rückland* sehr vermissen, aber das, was jetzt passiert, wird nie wieder rückgängig zu machen sein. Annavoig – ich möchte sie in den Briefen an dich gerne weiterhin so nennen, wenn es dir nichts ausmacht – hat sich gestern Abend, als wir uns gerade Rücken an Rücken ins Bett gelegt hatten, zu mir hingedreht, als ob das das Natürlichste auf der Welt sei, und gesagt, sie würde jetzt gerne nach Berlin fahren, um sich die Stadt einmal anzusehen. Mich hat fast der Schlag getroffen.

*Einige Jahre später schreibt der Botschafter erneut an das Amt in Berlin:*

Eine ganze Weile haben beide Systeme des Rückwärts- und Vorwärtsgehens nebeneinander bestanden. In dem Land gibt es eine ungeheure Blüte der Literatur und der Künste, die Menschen sind stolz auf ihre besondere Erfahrung, viele Ausländer kommen in das Land, um das Rückwärtsgehen zu lernen, und die Souvenirläden verkaufen kleine Repliken des berühmten Königs und des letzten Ministerpräsidenten in die ganze Welt. Dessen ruhmloser Abgang ist bereits vollkommen in Vergessenheit geraten, so dass man ihn jetzt als Symbolträger einer Stabilität und Berechenbarkeit ansieht, die viele Menschen in diesem Land inzwischen schmerzhaft vermissen.

Bald nach dem Tod von Nesie Grög fuhren die ersten Autos in dem Land, weil man in Windeseile eine breite Straße über den Orennerb, den bis dahin einzigen Zugang zu dem Land, gebaut und auch sonst ein zunächst recht rudimentäres Straßensystem errichtet hat, das jetzt immer weiter verfeinert wird. Der Unternehmer, der hier vor Jahren schon motorisierte Fahrzeuge einführen wollte, organisiert Autorennen, bei denen die Fahrer rückwärtsfahren müssen, ohne nach hinten schauen zu dürfen. Wegen der spektakulären Unfälle ist das Rennen, das jeden Sonntag hier in der Hauptstadt Angolob stattfindet, sehr beliebt und der Unternehmer verdient ein Vermögen damit. Mit der Zeit gehen jetzt nur noch ältere Menschen rückwärts. Sie werden immer mehr als Kuriosum angesehen und die jungen Menschen sind teilweise stolz auf ihre besondere Vergangenheit und teilweise schämen sie sich ihrer. Diese gewinnt immer mehr den Charakter des Irrealen, als ob es sie nie gegeben hätte.

Die Ministerpräsidentin Rosa Di Giovanni hat sich trotz gegenteiliger Erwartungen in ihrem Amt bewährt und in die Ministerien ist neues Personal eingezogen, das ihre Anordnungen weitgehend befolgt. Frau Di Giovanni hat in ihren Jahren in der Psychiatrie, in die sie ja nur aus politischen Gründen eingesperrt war, wohl gelernt, wie sie sich gegenüber einem Umfeld behaupten konnte, das ihr teils feindlich gesonnen war, in dem sie aber trotzdem auch lernen musste, Allianzen zu schmieden und Zweckfreundschaften zu schließen, wenn sie bei dem großen Druck, der auf sie ausgeübt wurde, nicht selbst verrückt werden wollte. Sie hat in der Psychiatrie also ihren Überlebenstrieb sehr geschärft, was in ihrem jetzigen Amt sehr hilfreich ist, denn auch in *Rückland* ist die Politik wie überall auf der Welt eine Schlangengrube, in der nur der überlebt, der als Erster zubeißt.

Bezüglich des Referendums zur Umbenennung von Rück- in Vorwärtsland, das am Sonntag in zwei Wochen stattfinden wird, sei hier die persönliche Bemerkung erlaubt, Frau Di Giovanni, die sonst einen feinen politischen Instinkt besitzt, hat in diesem Fall vielleicht einen Fehlgriff getan. Nach Ansicht der hiesigen Botschaft hätte sie mit einem solchen Vorschlag noch einige Jahre warten sollen, bis die Menschen mit kühlerem Verstand bereit gewesen wären, über eine solche Idee nachzudenken. Momentan hingegen hat Frau Di Giovanni durch dieses Referendum eine ungemein aufgeheizte Atmosphäre geschaffen, die das Land, egal wie der Volksentscheid ausfallen sollte, über Jahre nicht zur Ruhe kommen lassen wird.

*An seinen Bruder schreibt der Botschafter:*
Mein Nachfolger – die Diplomaten des Auswärtigen Amtes reißen sich inzwischen darum, nach *Rückland* versetzt zu werden, weil es als eines der aufregendsten Länder der Welt gilt – wird in den nächsten Tagen hier eintreffen und mein Amt übernehmen. Dass man mich überhaupt so lange nach der Revolution auf diesem Posten gelassen hat, liegt wohl daran, man wollte in einer so delikaten Übergangsphase keinen Diplomaten hierherschicken, der keine Erfahrung mit den Gepflogenheiten des Landes hat. Ich verlasse *Rückland* mit einem, wie man so schön sagt, weinenden und einem lachenden Auge. Lachend und erfreut, weil ich dich nach so vielen Jahren endlich wiedersehen werde. Ich habe zu fast allen in Deutschland den Kontakt verloren; du bist der Einzige, dem ich noch regelmäßig schreibe. Leider konntest du uns wegen deiner über die Jahre

gewachsenen Angst, dich in ein fremdes Ausland zu begeben, auch nach der Revolution, als dieses Land sich immer mehr den Gewohnheiten der restlichen Welt angepasst hat, nicht besuchen kommen. Ich habe das sehr bedauert, denn ich hätte dir *Rückland*, das fast in jeglicher Hinsicht *mein* Land geworden ist, gerne einmal gezeigt. Du warst als junger Mensch sehr begierig darauf, andere Länder kennen zu lernen, heute halte auch ich, wie ich zugeben muss, lieber an dem Gewohnten fest und würde mich am liebsten nur noch in meinen Gedanken auf große Reisen begeben.

Damit komme ich schon zu dem weinenden Auge, weil ich mich eben selbst davor fürchte, nach Deutschland zurückzukehren, das mir vollkommen fremd geworden ist. In Berlin werden wir in meinem alten Bezirk, also in Steglitz, wohnen. Wenigstens das ist ein Trost. Mein Auge tränt aber seit Jahren auch aus einem anderen, vielleicht noch gewichtigeren Grund, denn mein geliebtes *Rückland* gibt es nicht mehr! In zwei Wochen soll es sogar eine Volksabstimmung darüber geben, ob man sich nicht in Vorwärtsland umbenennt, um den gewaltigen Veränderungen der letzten Jahre Rechnung zu tragen. Das Land ist tief gespalten zwischen denen, die vorwärts und ins Ausland schauen, und denen, die rückwärts blicken und der Vergangenheit nachtrauern. Ein Kompromiss zwischen diesen beiden Seiten scheint kaum möglich. Auch ich bin innerlich sehr zerrissen, was ich für gut und richtig halten soll. Annavoig hat sich zum Glück schon seit Jahren entschieden, ihren alten Vornamen zu behalten, während Monika und Maria es als tödliche Beleidigung ansehen, wenn ich sie aus Versehen mit ihren Geburtsnamen anspreche. Alles Gewohnte ist ins Wanken geraten. Doch Schluss mit dem Gejammere.

In drei Wochen werden wir in unser neues Haus in Steglitz einziehen. Ein bisschen freuen Annavoig und ich uns auch darauf und unsere beiden Töchter sind erst recht begeistert davon, in ein anderes Land zu kommen. Um uns jedoch von unserer angeborenen oder in meinem Fall erworbenen Heimat würdig zu verabschieden, machen wir vorher noch mit einem geliehenen Wagen eine Rundreise durch *Rückland*. Ich hoffe, ich werde nach den vielen Jahren des ausschließlichen Zufußgehens noch in der Lage sein, ein Auto zu steuern. Ich melde mich, sobald wir in Steglitz angekommen sind.

# Inhaltsverzeichnis